KB025128

따뜻한 참견 드림

Mit Luftpost
Par avion

따뜻한 참견 드림

죠지 글·그림

AUCKLA.
BY AIR MAIL
PAR AVION
12DE331
N.Z.

LIETUVA
2021-11-16

POST

FRANCE
LA POSTE

NAVEGAÇÃO AÉREA BRA
N. A. B
VIAGEM INAU
FORTALEZA –

오늘을 피워낼
따뜻한 참견을 부칩니다

마인드빌딩

AIR MAIL

작가의 말

오랜 시간 담아둔 말들이 치즈처럼 좋은 맛을 냈으면 합니다. 할 말은 하고 살겠다고 첫 책을 낸 지 3년이 지났습니다. 글쓰기 선생으로 마음을 바깥으로 표현하는 방법을 가르치며 지내는 요즘, 우리에게 필요한 건 무엇보다 용기였음을 다시 한번 느낍니다.

죠지는 그 답답한 마음에서 탄생했습니다. 치와와 죠지는 평상시 우물쭈물 제 할 말도 못하지만 선글라스를 끼면 시원하게 속마음을 내뱉습니다. 까만 선글라스 아래 눈을 숨긴 죠지는 더 이상 돌려 말하지 않습니다.

문제를 말하면 정말 문제가 될 거라 말을 삼가고 잔뜩 겁을 먹은 채 창백한 삶을 살았습니다. 말에는 책임이 필요합니다. 책임을 인식하고 뱉는 말은 무겁습니다. 하지만 살다 보니 말을 참는 건 재앙이고, 책임을 가지고 말을 해도 실수는 일어나더군요. 한마디 말로 천 냥 빚을 갚는 건 어렵지만, 실수하며 그 말에 책임지고 사는 것도 제법 나쁘지 않았습니다.

예상치 못한 곳에서 만난 타인에게 도움을 받을 때가 있습니다. 당신께 죠지가 그런 타인이길 바랍니다. 표현하는 데 필요한 용기를 한 스푼 떠드리겠습니다. 여러분은 진심을 준비해주세요. 딱딱하게 굳은 근육을 마사지하듯 이야기를 처방하겠습니다. 죠지가 선글라스 끼고 써 내려간 스물다섯 편의 글처럼 많은 사람이 마음의 알을 깨고 나오길 바랍니다.

마인드빌딩의 서재필 대표님, 김현서 편집자님께 감사드립니다. 남의 이야기를 쓰는 데 적응되어 정작 제 할 말은 버벅거리는 제게, 여러분이 건넨 따뜻한 참견으로 완주할 수 있었습니다. 더불어 꿈 하나 안고 사는 모자란 제 곁을 지키는 사람들이 있습니다. 당신의 존재로 여전히 저는 꿈을 좇으며 삽니다. 자리를 빌려, 고개 숙여 감사의 말씀 전합니다.

2023년 겨울
작업실에서

2부

1부

도전과 실패를 반복하니

남들과 다른 길로 가겠다고 선택한

저를 탓하게 됩니다.

저만의 길을 가고 싶었고,

보통의 삶과 다르게 살고 싶었는데,

제가 부족한 걸까요?

저 역시 보통 사람이었던 걸까요?

코인노래방에서 랩 하는 것과
성악 부르길 좋아합니다

이건 비밀인데, 작업실에서 조금만 걸어 나가면 코인노래 방이 있다. 현금 이천 원을 챙긴다. 500원에 두 곡이니까, 여덟 곡쯤 불러야 뭐라도 해낸 기분이 든다. 먼저 발라드 두어 곡으로 입을 풀면 다음은 힙합이다. 부른 곡들은 모두 녹음해 셀프 피드백을 하는데 그중 괜찮은 곡은 특별히 엄마와 동생에게 가져간다.

　동생은 항상 도망치기 바빠 방에 혼자 누워 있을 때를 노려야 한다. 딱 한 곡만 들려주고 나갈게, 이것만 들어줘. 구차하지만 한 곡 이상은 동생의 인내심이 허락하지 않는다. 가장 잘 부른 힙합 한 곡을 동생에게 들려주고 엄마가 있는 안방으로 간다. 엄마는 실력과 장르를 불문하고 잘 들어준다. 그들의 인내가 든든한 토양이었다. 나는 내가 힙합과 잘 어울리는 줄 알았다.

　나와 다른 얼굴의 음악이 있다. 노래방 18번을 물으면 언제나 수퍼비의 '냉탕에 상어'라 말한다. 다들 놀란다. 노래방에서 랩 하는 모습을 상상할 수 없다고. 보이는 것과 별개로 코인노래방에 가면 '냉탕에 상어'는 꼭 부른다. 리듬 위에 갈고 닦은 플로우를 실으면, 묘한 해방감에 도파민이 솟구친다.

연장선으로 나는 종종 성악을 흥얼거리곤 하는데 연기를 위해 1년간 나름 진지하게 베이스 파트 성악을 개인 교습 받은 덕분이다. 원래부터 나를 알던 친구들은 진지하게 독일 가곡 몇 마디 불러주면 자지러지게 웃는다. 네가 성악을 배울 줄은 꿈에도 몰랐어. 그러게. 내가 랩을 하고 성악을 부르다니.

나와 다른 얼굴을 한 음악들은 매년 크리스마스 선물처럼 찾아왔다 잊혀지길 반복한다. 긴 시간 시행착오를 거쳐 이제는 일상 곳곳에 스며들었기에 타인만 그 이질감을 알아챌 수 있다. 그중 몇 곡을 소개한다. 작업 전에 찾는 음악인데, 잡념으로 해파리처럼 축 늘어진 신체를 깨워 몰입시키려면 이것만 한 게 없다.

먼저 일기를 쓰거나 글 작업을 할 때는 잔잔하면서도 한 방이 있는, 이를테면 Duke Ellington의 'Mood indigo' Masterpieces By Ellington 앨범, 'L'Elisir D'Amore(도니체티 - 사랑의 묘약)'와 'La traviata(베르디 - 라 트라비아타)' 같은 음악을 고른다.

일상의 소음에서 벗어나 빠르게 사색에 잠기고 싶을 때는 Sviatoslav Richter(러시아 피아니스트)가 연주한

'Rachmaninoff's Piano Concert No.2, Op.18(라흐마니노프 피아노 협주곡 2번)'을 듣는다.

둔탁한 상승 에너지가 필요할 때는 단연 힙합이다. 붐뱁, 트랩, 싱잉, 드릴 장르 불문하고 그때의 분위기와 꼭 맞는 멜로디를 고른다. 때로는 가사도 선정 기준이 된다. 치부를 드러내고 미래를 쟁취하려는 가사가 과감히 들어간 곡에 희열을 느낀다. 그들의 화염이 내게 번지는 기분이다.

반복해서 힙합을 듣다 보면 따라 부르고 싶은 욕구가 드는데, 여간 어려운 일이 아니다. 랩을 할 때는 라임과 플로우를 살려야 질리지 않는데, 그게 문제다. 그래서 요즘은 그런 욕구조차 들지 못하도록 기술적으로 뛰어난 노래를 찾는다. 추천하는 곡으로는 Q the trumpet '잘 자', 마미손 'Noise', '사랑은', Gist 'Black Swan', Bad News Cypher vol.1 'vv2 remix' 등이 있다.

음악을 소비하는 목적은 몸과 마음의 기질을 순식간에 원하는 모습으로 전환시키는 데 있다. 어울리는 걸 떠나 본인과 맞으면 그 음악에 정착해도 좋다. 대학 교수인 아빠는 트와이스와 뉴진스를 좋아한다. 빅뱅과 2NE1에서 멈춘 나의 아이돌 시계는 아빠 덕분에 다시금 돌아간다.

우리 집 식탁에는 사람 말을 알아듣는 마법의 스피커가 놓여 있다. 나는 식사할 때만큼은 최유리 '숲'이나 권진아 '운이 좋았지', '위로'처럼 가라앉는 노래를 듣고 싶은데 아빠와 함께 식사하는 날은 항상 트와이스나 뉴진스 노래를 듣는다.

"가수나 작곡가는 나라에서 지원을 많이 해줘야 해. 참 좋은 일 하는 사람들이야."

아빠가 말했다. 최근 일이 많아져 일찍 출근하고 늦게 퇴근하는 아빠의 얼굴에 생긴 그늘을 지운 가수가 셀린디온이 아닌 트와이스와 뉴진스일 줄 누가 알았을까. 긴 시간 동안 팝과 독일 가곡에 머무른 아빠인 만큼 더욱 놀랍다. 고등학생 때까지 SG워너비 소몰이 창법만 골라 듣던 내가 원슈타인 광팬이 된 것과 같은 맥락으로 예상치 못한 일이었다.

아빠의 얼굴에는 뉴진스가 없고 내 얼굴에는 힙합과 성악이 없다. 하지만 얼굴은 변한다. 일단 뭐든 수용하는 자세로 듣다 보면 예상치 못한 곳에서 평생의 동반자 음악을 만날 수 있다. 아빠도 나도 그렇게 다른 얼굴의 음악과 함께 산다.

생각에 생각에 생각을 반복.

꼬리에 꼬리를 무는 생각에 잠식되어

언제나 걱정과 근심에 사로잡힙니다.

생각만 하다가 무엇 하나

제대로 이뤄내지 못해요.

생각이 제 인생의

방해물이 되는 것 같아요.

위험한 새벽

나는 잠을 잘 잔다. 잠깐. '잘'이라는 단어에는 몇 가지 의미가 있다. 이를테면 잘 들어의 잘은 제대로, 라는 뜻이고 잘 지내의 잘은 안녕히, 잘한다의 잘은 우수하다는 뜻이다. 나는 잠을 잘 잔다. 지금의 잘은 손쉽게, 라는 뜻이다. 잘 때만 2층 침대 룸메이트로 동침하는 내 동생은 나를 부러워한다. "형은 눈만 감으면 자." 반은 맞고 반은 틀린 말이다.

잠 못 드는 밤이 있다. 홍수로 인한 도시의 범람으로 생각이 맨홀 위로 도약하는 밤. 나는 그 밤을 위험한 새벽이라 부른다. 생각이 물꼬를 트는 날에는 눈을 감아도 잠에 이르지 못한다. 양을 세어도, 2분 만에 잠든다는 해파리 수면법을 써 봐도, 도무지 잠들 수 없는 밤이다. 하나둘 고체로 굳어진 생각들이 레고 블록처럼 쌓인다. 나는 그것을 모아 블록 놀이를 하는데 남들은 그걸 꿈이라 부른다. 생각블록으로 만든 조각을 완성하면 진짜 잠에 들 수 있다. 위험한 새벽에는 하나의 조각을 만드는 데 많은 시간이 필요하다. 쉽게 잠들 수 없다.

조각에 이름을 붙여주려면 그 밤을 더 위험하게 만들 각오를 해야 한다. 꾸고 싶지 않아도 꾸게 되는 꿈은 뱀처럼 똬리를 틀고 절대 놔주지 않는 생각 탓이다. 외면하려 해도 이곳저곳을 깨물어 항복하는 수밖에 없다. 그 꿈은 마치 예정된 수순인 마냥 내게 성을 낸다. 제발 이 생각들을 바깥으로 내뱉어 달라고.

잠 못 드는 밤, 블록 놀이를 돕는 방법이 여럿 있다. 노래와 연기가 있고, 그림과 글 또 춤이 있다. 내게 편한 건 글이다. 위험한 새벽이 오지 않아도 나는 글을 쓴다. 밤이 오기 전 미리미리 블록을 해체해 백지 위에 문자로 나열하고 단어와 문장을 자주 고친다.

돌연 소리를 지르고 싶은 날에도 글을 쓴다. 그때는 구조나 설계 따위 제쳐두고 마음이 이끄는 대로 글을 쓴다. 글은 때때로 생각지 못한 곳으로 나를 데려간다. 나는 미리 쓸 만한 낚싯대를 챙겨 그를 따른다. 여정의 종착지에는 꼭 바다가 있다. 위험한 새벽은 수면 위로 튀어 오른 활어 같아서, 그것을 낚아 해체해야 잠이 온다. 나는 글쓰기로 잠을 위한 작업을 선행한다. 동생은 그 모습을 보고 내가 잘 잔다 말한다.

복잡한 마음을 글로 달래는 법을 익히면서, 위험한 새벽이면 나를 찾는 생각의 존재를 바로 볼 수 있었다. 생각은 외침처럼 형상이 없지만, 산 정상에 올라 토해내는 아성처럼 사라지지 못하고 메아리친다. 생각은 수시로 비워줘야 한다. 비우지 못한 물은 악취를 풍기며 썩고 사용하지 않는 근육은 경화된다. 마찬가지로 생각도 틈틈이 꺼내 보이는 게 중요하다.

머릿속에는 개미굴처럼 많은 생각 공간이 있다. 삶을 경유하며 품은 생각은 자연스럽게 주머니처럼 생긴 생각 공간으로 들어가 쌓인다. 주기적으로 비우지 못하고 주머니 안에 쌓인 생각들을 내버려 두면 모두 범람하는 참사가 일어난다.

대부분 당신이 일부러 덮어두기에 발생한다. 의식적으로 살피지 않고 등한시하면 어김없이 범람한다. 우리네 몸은 자정 작용이 있어 마음을 늘 건강히 유지하려 애쓴다. 블록 놀이가 머릿속 개미굴을 청소하는 데 도움을 준다. 어른과 아이 모두에게 필요하다. 이때 어른과 아이는 나이로 구분하지 않는다. 아이로 지내는 법을 까먹어야 비로소 어른이 된다. 블록 놀이는 주로 어른이 아이한테 가르칠 거라 생각하지만 그렇지 않다. 블록을 조각하는 방법은 아이가 더 잘 안다. 블록 놀이는 어른이 아이에게 배울 때가 효과적이다.

각각의 생각 블록은 동물처럼 살아 숨 쉰다. 세상이 무너져라 악을 쓰다가도 해사하게 웃음 짓는 철부지 어린아이처럼 관심과 애정을 필요로 한다. 당신이 어른이라면 블록 놀이는 인내가 필요한 작업이다. 그것은 아이와 같아서 스스로 평화를 찾을 때까지 찬찬히 지켜봐야 한다. 블록 놀이에 아이가 더 유리한 이유다. 하지만 인내의 결실은 달콤하다. 울던 아이가 웃으면 어른도 따라 웃는다. 진정된 아이의 웃음은 어른의 마음도 누그러뜨린다. 동생에게 말해줘야지. 글은 내가 잠을 잘 자는 이유다.

남들 일할 때 쉬고, 남들 쉴 때 일하는

서비스직 종사자입니다.

뿌듯함과 사명감을 가지고 일하지만

정작 제 자신을 돌보거나

소중히 여기는 시간이 없는 것 같습니다.

일하다 보면 함부로 대하는

사람들이 많아서,

제가 좋아서 시작한 일이었지만

힘에 부칠 때가 많습니다.

한 명의 사람으로 존중받고 싶습니다.

이브이는 어쨌든 진화해야 한다

착한 사람은 다른 말로 예측 가능한 사람이다. 그들은 생각이 많다. 스스로가 상대에게 피해 주지 않기 위해 수많은 시뮬레이션을 돌린다. 착한 사람은 착한 사람을 만나는 게 가장 이상적이다. 착한 사람도 그것을 바란다. 그들에게 있어 배려한 만큼 돌려받는 행복은 이루 말할 수 없다.

왜냐하면 세상에는 나쁜 사람이 더 많기 때문이다. 그들은 예측의 가짓수가 훨씬 많이 필요하며, 미운 사람과 악한 사람으로 분류할 수 있다. 미운 사람은 사람의 마음을 이용하지 않는 사람이고, 악한 사람은 사람의 마음을 이용하는 사람이다. 미운 사람은 마음이 이기적이라 밉다면, 악한 사람은 사람의 마음을 도구쯤으로 여겨 악하다.

착한 사람도 나쁜 사람처럼 순수한 사람과 다정한 사람으로 나눌 수 있다. 죄인의 형량은 죄질에 따라 가늠할 수 있지만 선량함의 크기를 기부금의 액수로 재단하지 않듯이, 순수한 사람과 다정한 사람의 차이는 미비하다. 그들을 겨우 구분할 수 있는 건 진화 유무뿐이다. 바람에 바위가 깎이듯 인간은 사회화를 겪으며 닳는 과정을 거친다. 인간은 크게 나이로 범주화되어 그룹마다 비슷한 사회화 단계를 밟는데 개인에 따라 태풍이 휘몰아치는 시기와 횟수는 각각 다르게 찾아온다. 순수한 사람이 태풍을 겪고 나면 진화가 가능한 선택권을 부여받는다. 이때 어떤 선택을 하느냐에 따라 다정한 사람이 될 수도, 미운 사람 혹은 악한 사람이 될 수도 있다.

태초의 출발은 순수한 사람이다. 태풍을 이겨낸 순수한 사람은 다정과 미움과 악, 셋 중 하나를 택한다. 포켓몬 이브이가 세 가지 진화의 돌의 기운을 받아 불 포켓몬 부스터, 물 포켓몬 샤미드, 전기 포켓몬 쥬피썬더로 진화하는 것과 같다. 보통 포켓몬이 진화할 때는 '지정된 진화의 돌을 써서 다음 단계 포켓몬이 된다'의 수순을 밟는데 이브이는 다르다. 그는 '지정된 세 개의 진화의 돌 중 하나를 골라 각각의 세 가지 다른 포켓몬이 될 수 있다'는, 1세대 포켓몬스터 가운데 특이한 성질을 갖고 있다. 물론 진화의 돌을 쓰지 않고 그냥 이브이로 남는 선택을 할 수도 있다. 하지만 21세기 이브이는 진화를 해야만 한다.

나는 세상의 풍파를 모르는 순수한 사람이었다. 튼튼한 울타리를 가진 부모의 보호 아래, 아침에 일어나 초목을 뜯고 저녁에 배설하며 하루를 마치는 초식 동물처럼 매일을 보냈다. 고등학교를 막 졸업하고 신입생 환영회 가기 전 그 어중간한 나날들의 식사는 주로 햄버거였다. 당시 나는 데 이트가 아니라면 도통 집 밖을 나가지 않았다. '리그 오브 레전드'라는 게임에 푹 빠져 있던 탓이다. 주로 멀리서 툭 툭 활을 쏘아 대미지를 입히는 딜러 역할을 맡았다. 딜러는 특성상 죽지 않고 오래 살아남는 게 중요했다. 햄버거는 집 중을 위한 최선의 선택이었다.

하루는 게임을 하다가 햄버거를 먹는데 얇은 시집을 집 은 것처럼 두께가 얇았다. 빵을 열어보니 수분을 많이 머금 은 양상추 두어 장이 미역 줄기처럼 축 늘어져 있었다. 토 마토와 피클은 없었다. 가슴이 토할 것처럼 울렁거렸다. 게 임 캐릭터가 활을 든 것처럼 핸드폰을 들었다. 매장에 연락 이 닿기까지는 생각보다 많은 시간이 필요했다.

"고객님을 응대하는 상담원들도 모두 누군가의 소중한 가족 일원입니다. 본 통화는 녹음되며 상담을 제외한 다른 목적으로 사용되지 않습니다."

늘어지는 기계음을 붙잡고 불만을 말하지 못하고 전화를 끊는 최악의 상황을 상상하며 가상의 직원과 상황극을 했다. 순순히 컴플레인을 받아주면 후식으로 먹을 아이스크림도 시켜 당신네 지점 매출에 보탬이 될 테지만 비이성적으로 설득하려 했다간 분노의 화살을 맛보리라.

안녕하세요, 고객님. 무엇을 도와드릴까요. 마침내 직원이 전화를 받았다. 순간 하려던 말이 생각나지 않았다. 분노가 입 안에 머금은 단어를 해체시켰나. 잠시만요. 나는 하고 싶었던 말을 기억해내려 애썼다. 여보세요, 고객님 계시나요? 직원이 자꾸만 재촉했다. 그의 음조는 한사코 상냥하다.

친절한 목소리에 고작 제대로 된 야채가 들어가 있지 않다는 이유로 햄버거 환불을 생각한 내가 영악하다는 생각이 들었다. 얼마 전 읽은 기사에서 식사를 마치고 머리카락을 뽑아 국 안에 빠뜨리고 외상을 했다는 어느 블랙컨슈머가 떠올랐다. 나는 원래의 순수한 나 그대로 존재할 것이냐, 또 한 명의 블랙컨슈머로 살 것이냐, 기로에 놓였다. '본 통화는 녹음되며 상담을 제외한 다른 목적으로 사용되지 않습니다.' 모든 상담은 녹음된다. 뉴스 아나운서가 내 이름을 언급하는 게 상상됐다. 고객님 말씀하세요. 상담원이 채근했다. 아이스크림을 주문했다. 주문은 만 원 이상부터 가능하세요. 햄버거 세트를 하나 더 주문했다. 활을 내렸다. 사두면 누구라도 먹겠지.

착하면 호구라는 우스갯소리는 하나의 아포리즘으로 정

착했다. 햄버거 사건 이후 몇 번의 풍파를 더 겪은 나는 비로소 순수함의 알을 깨부수고 진화했다. 내가 선택한 진화는 다정한 사람이었다. 이제는 활을 쏘지 않고도 때 묻은 생활력으로 노련하게 햄버거 주문을 할 수 있다. 원한다면 양상추쯤은 싱싱한 걸로 넣어 달라고 서글서글하게 부탁도 할 수 있다. 이뿐인가. 오디션 장에서 순진한 얼굴로 페이를 물어볼 수 있고, 다섯 화 분량의 웹드라마 원고를 제공했지만 일이 수틀리자 잠수 탄 제작사 형에게 정당한 노동 대가를 요구할 수 있고, 영업장에 찾아와 무례를 범하고도 무례를 범한 줄 모르는 손님과도 다툼 없이 공존할 수 있다.

어쨌든 이브이는 진화해야 한다. 줄탁동시라는 말이 있다. 병아리가 안에서 쪼아댄다는 줄, 그 신호에 맞춰 어미닭이 밖에서 알을 쪼는 탁. 타이밍이 어긋나면 병아리는 세상 밖으로 나올 수 없다. 착한 사람이여, 진화의 돌을 들어라. 물 포켓몬이든, 불 포켓몬이든, 전기 포켓몬이든 자신을 바꿔라. 이곳은 진화 없이 살기 어렵다.

20대 후반, 애매한 나이처럼 느껴집니다.

누군가는 아직 어리다고 하지만

누군가는 늦었다고 하기도 합니다.

그러다 보니 저도 자꾸 조급해집니다.

제가 좋아서 선택한 전공이지만,

깜깜한 미래를 볼 때면 잘못 선택한 걸까

생각하기도 합니다.

20대는 어리고 무엇이든 할 수 있는

나이라고 하지만

현실을 살고 있는 저는 녹록지 않음을

느끼네요.

나를 이해해주세요

카페 양도 계약서를 살폈다. 인터넷에서 검색 몇 번만 하면 쉽게 찾을 수 있는, 필요한 것만 딱딱 기재된 기본 양식의 계약서다. 넘겨야 할 물건 목록과 넘기지 않을 목록이 있다. 불필요한 갈등을 피하기 위해 차가운 단어만 골라 만들었기에 계약서는 건조하다. 언젠가 첫 소속사 계약을 앞뒀을 때 계약을 경험한 가까운 이들이 입을 모아 말했다. 중요할수록 계약서를 잘 써야 한다고. 나는 그들에게 말했다. 믿음으로 함께할 사람들인데 처음부터 깐깐하게 짚고 넘어갈 필요 있겠느냐고. 내가 틀렸고 그들이 맞았다. 뜨거운 건 금방 식어버린다. 차라리 차가운 걸 믿기로 했다. 계약서를 채우는 내 얼굴은 건조하다.

전업 배우가 되기 위해 장기전을 대비하여 차린 카페였다. 우선 카페가 안정될 때까지 연기를 멈추려 했지만 입던 옷을 벗어 던지고 벌거숭이가 된 기분이었다. 연기를 놓을 수 없었다. 카페를 운영하면서도 간간이 들어오는 오디션을 준비했다. 영업시간과 오디션이 겹치는 날에는, 언제든 소중한 건 연기였으니 카페를 닫고 오디션을 다녀왔다. 간

29

간이 영업시간을 재확인하는 손님들에게는 스스로 찔려 서
비스를 드렸다.

단골 손님은 늘어가는데 제시간을 지키는 날은 점점 줄
어들었다. 영업시간을 주 6일에서 주 5일로 변경했다. 앞
으로 월요일, 화요일은 쉽니다. 마음씨 넓은 손님께, 죄송
하지만 이해를 부탁드립니다. 오디션을 보려면 자리를 비
울 수밖에 없거든요. 카페가 중요하지 않다는 건 아니지만
저는 전업 배우를 꿈꾸며 하루를 잘게 쪼개 사는 신인 배우
랍니다. 성공하면 그 시절 저희 카페에 머문 여러분을 잊지
않을 거예요.
단골 손님들은 영업시간인 줄 알고 왔다가 헛걸음을 하
고도 방문해주었다. 연인 간의 소통과 흡사하다. 처음에는
속상하다, 너무하다, 표현하지만 점점 기대를 접고 다른 카
페를 찾는다. 성실한 카페는 많다. 늘 오던 손님의 방문이
뜸해졌을 때에도 나는 영문을 몰랐다.

카페가 팔렸다. 새로운 주인에게 카페를 넘기고 학교에 디
자인 전공으로 복학했다. 전역 후 2년 만에 돌아가는 학교였
다. 외로운 캠퍼스 라이프가 예상됐지만 개의치 않았다. 연
기에 더욱 전념할 수 있으니까. 오디션 정보를 모은 웹사이

트 필름메이커스도 매일같이 확인해서 지원하고, 요즘 코로나 시국으로 생긴 영화사에 프로필을 대신 신청해주는 대행 업체가 있다고 하는데 써봐야겠다. 나는 열정으로 타올랐다.

4학년 1학기. 학점을 꾸역꾸역 모으면서도 꾸준히 촬영을 이어가고 있었다. 카페를 정리하며 꿈꿨던 모습 그대로였지만 촬영이 늘어나며 과제와 수업 이수에 대한 스트레스가 늘었다. 얼른 학위를 따내고 연기에 전념할 시간만을 바랐다. 간간이 계약 이야기가 오가는 새로운 소속사가 생겼다. 미팅 때마다 대표님은 연기에 전념하기를 요구하셨다. 호재다. 선택과 집중이 필요했다. 학교는 다니겠지만 연기에 집중해 대표님과의 계약을 따내겠다.

수강 신청을 하는데 전공필수 과목에 팀 프로젝트가 있었다. 수업 첫날 교수님의 선별 아래 팀원 소개가 있었다. 군대를 막 전역한 남자와 내성적인 여자가 있었다. 수업이 끝나고 적어도 네 살 어린 그들에게 점심을 사줬다. 스몰토크가 오가던 도중 직업을 묻기에 연기를 하고 있다고 말했다. 예상치 못한 답변 탓인지 두 사람의 눈이 빛났다. 몇 개 촬영을 앞둔 게 있어요. 하지만 걱정 마세요. 대부분 주말 촬영이고 프로젝트에 지장 안 가게 할 거예요. 우리 B+ 이상은 무조건 받을 수 있어요. 잘해 봐요. 두 사람은 마지못해 웃었다.

"저는 연기를 위해 복학했거든요. 그게 무슨 억지냐 하면, 전업 배우가 되기까지는 불안정한 상황들의 연속일 게 뻔하니까. 지금까지는 커피를 팔아 돈 벌었지만, 학위를 따내고 자유로워지면 커피 사업 역시 확장시킬 수 있고, 사업이 안정되면 저는 연기에 더 집중할 수 있을 테고. 그럼 이은혜 정말 잊지 않을게요. 어차피 오디션에 떨어지면 무조건 과제에 전념하는 거예요. 만약을 대비해서 말씀드려요."

우리는 역할을 나눴다. 나는 기획과 자료조사, 프로그램 디자인을 맡았고, 군대를 막 전역한 남자는 실제 모듈을 작동시킬 프로그래밍을, 내성적인 여자는 책자 레이아웃과 프로그램 디자인을 담당했다. 역할의 큰 틀만 유지한 채 유연하게 서로 도와가며 진행하기로 했다. 기획 발표는 호평을 받았고, 순항을 예고하듯 날씨는 화창했다.

오디션에 합격했다. 웹드라마는 일요일 서울 촬영, 단편영화는 금, 토, 일, 강원도 촬영. 금요일 아침 일찍 강원도로 떠나야 했다. 다음 주까지 자료조사 끝내서 내성적인 여자에게 넘겨야 했는데 촬영 준비할 시간이 없었다. 나는 단톡방에 사정을 설명했다. 두 사람은 동의했다. 마음씨 넓은 팀원들. 다음 모임 때 또 맛있는 점심을 사야지.

웹드라마에 추가촬영이 잡혔다. 조회수가 잘 나와 시리즈가 됐다. 마음씨 넓은 팀원 분들 덕분이니, 좀만 더 이해해주세요. 촬영에 집중하다 보니 자료가 빈약해졌어요. 프로젝트가 중요하지 않다는 건 아니지만 저는 전업 배우를 꿈꾸며 열심히 사는 신인 배우랍니다. 성공하면 함께한 여러분을 잊지 않을 거예요.

최종 발표를 끝냈다. 나는 히죽거리며 그들에게 래퍼처럼 주먹을 건넸고 두 사람은 멋쩍게 주먹을 맞닿으며 인사했다. 촬영도 무사히 끝났다. 학교는 마지막 학기만 남았다. 함께 발표를 마친 팀원들이 자랑스러웠다. 프로젝트 실물 키트를 챙기며 내성적인 여자에게 말했다.

"오늘 발표한 책자 pdf 파일 단톡방에 올려줄 수 있어요? 안 올라왔길래."

"아니요. 그건 안 되죠." 내성적인 여자의 얼굴이 붉어졌다. "제가 했는데 그걸 왜 달라고 하시는 건데요?"

"네? 아뇨. 같이 한 프로젝트잖아요."

"그 말씀할 자격 있으세요? 제대로 안 하셨잖아요. 책자 디자인은 제가 했는데 pdf 파일이 왜 필요하신 건데요?"

"참여 제대로 못 해서 죄송해요. 우려하시는 그런 데 안
써요. 졸업 포폴에 필요해서 부탁드리는 거예요."

"그럼 아까 핸드폰으로 사진 찍은 것만 몇 장 보내드릴게
요. 그래도 기획은 하셨으니. 그 이상은 싫어요."

그사이 아직 짐을 챙기지 못한 다른 학생들이 여러 명 교
실에 오갔고 나는 무슨 표정을 짓고 있었는지도 모른 채 바
깥으로 나왔다. 버스 타러 내려가는 길, 군대에서 갓 전역
한 남자와 마주쳤다.

"형 수고했어요."

"고생 많았어요."

우리는 같은 버스를 향하고 있었다. 나는 도서관에 갈 일
이 있다며 남자를 먼저 보냈다. 그날 저녁 단톡방에 사진
몇 장이 올라왔다. 마음씨 넓은 두 팀원은 촬영으로 소홀
했던 나를 탓하지 않았다. 연인 간의 소통과 흡사하다. 처
음에는 속상하다, 너무하다, 표현하지만 변화할 기미가 보
이지 않으면 마음을 정리한다. 뜨거운 건 금방 식어버린다.
나는 그 과목에 A+를 받았다.

하고 싶은 걸 하며 살아가는

주체적인 인생을 살고 싶어서

도전 중입니다.

계속 결과가 좋지 않아 좌절 중이에요.

주변 사람들은 나이도 점점 차는데

계속 해야 하냐고 묻더라고요.

진지하게 고민하기도 했지만,

저는 계속 도전하고 싶어요!

그래도 영화를 찍고 싶다

"살면서 가장 본인이 작아 보였던 순간이 있었나요?" 인터뷰어가 말했다.

11월 23일 오후 11시

조연출 수민, 촬영감독 재령, 피디 기진 형과 예린, 미술감독 수현 누나, 미술팀 정연, 스크립터 채원 그리고 연출동윤은 신도림 작업실에 모여 다음 날 새벽 강화도에서 있을 촬영 브리핑을 마쳤다. 전쟁을 앞둔 군인의 기합 잡힌 눈빛으로 우리는 헤어졌다.

11월 24일 새벽 1시

진저 작가는 눈병이 났음에도 연출의 다급한 요청에 촬영 날 새벽까지 봉천동 골목에서 파란색 스프레이를 뿌렸다. 소품으로 박스 세 개를 준비해야 했으나 시간 관계상 두 개만 먼저 챙겼다.

11월 24일 새벽 3시

스태프 간의 의사전달 문제로 단톡방이 잠시 소란했다.

11월 24일 새벽 3시 30분

집으로 돌아와 곧장 뜨거운 물로 샤워를 했다.

이틀 새 두 명이 팀을 이탈했다. 한 달도 안 돼서 벌써 다섯이 빠졌다.

샤워 밸브를 붉은 쪽으로 돌린다. 살갗이 선홍빛으로 달아오르자 정신이 든다. 배우로 열댓 번도 더 경험했던 현장이다. 팀원들 얼굴이 떠오른다. 제작에 거금을 투자해주신 대표님 얼굴도. 불안감에 헛것을 다 본다. 해낼 수 있겠지. 침대에 누워 곧바로 잠이 들었고 새벽 5시 30분 아침밥을 먹었다. 이번 영화만 찍으면 다시는 영화를 찍지 않겠다. 새벽길이 한산하여 강화도까지 가는 길은 금방이었다.

"영화를 찍을 때 언제 가장 떨리나요?"라는 기자의 질문에 "차에서 내릴 때요."라고 대답한 어떤 영화감독의 일화가 떠올랐다.

첫째 날, 강화도 개인 사유의 야산 위에서 첫 씬을 찍고 내려와 주민센터 따뜻한 바닥에 모두가 옹기종기 모여 앉아 햄버거를 씹을 때까지, 그사이 기억이 없다. 촬영이 끝나고 한참이 지나서야 기억의 편린이 몽타주처럼 하나둘 떠올랐다. 먹물을 쏟은 것처럼 새카만 강화도의 새벽하늘, 덥고 갑갑했던 차 안, 피부에 닿은 차갑고 뾰족한 바깥공기, 검은 산에 산란하는 핸드폰 플래시 불빛, 낙엽이 부서지며 내는 소리와 쉼 없이 겨울 산 위를 오르내리던 사람들. 촬영이 끝나고 스태프들의 홍조 띤 얼굴에 미소가 없었다면 나는 질식사했을 것이다.

영화는 변수의 연속이었다. 세 달간의 프리프로덕션 변수를 합친 것만큼, 촬영 날에는 또 다른 변수가 있었다.

"형 나 한쪽 눈이 안 보여."

강화도 촬영 이튿날 아침. 조연출 수민의 눈에 염증이 심했다. 전날 아침 식사 거리를 나르다 실수로 박스에 눈을 찔린 게 발단이었다. 며칠째 제대로 잠도 못 자고 무리한 탓에 아직까지 아픈 인원이 없다는 게 이상하던 참이었다. 그날은 수민의 생일이었다.

한창 샴푸로 머리를 감고 있을 때 수민이 말했다. 원래도 수민은 농담을 즐겼으니, 나는 머리를 헹구며 그것이 농담이길 기도했다. 조연출 수민이 빠지면 영화를 찍을 수 없었다. 불 꺼진 숙소로 돌아왔을 때 아직 자고 있는 스태프의 코 고는 소리가 들렸다. 한편에서 핸드폰 플래시가 빛나고 있었다. 그곳에는 닫힌 한쪽 눈을 어떻게든 열어보려 뭉툭한 제 집게손가락으로 눈꺼풀을 까뒤집는 수민이 있었다. 나는 수민 앞에 가 앉았다.

"어떡하지. 정말 눈이 하나도 안 보여. 우리 영화 어떡하지."

수민의 눈은 붉게 충혈돼 있었다. 안 되는데, 안 되는데. 수민은 연신 혼잣말을 읊조리며 세면대로 걸어가 눈에 수돗물을 끼얹었다. 목도하는 와중에 혼란한 나는 수민이 제 눈에 끼얹는 수돗물이 차가울지 뜨거울지 따위를 생각했다. 좋은 아침입니다. 잠에서 깬 외부 스태프들이 하나둘 인사했다. 촬영보다 수민의 건강이 우선이었다. 수도꼭지를 잠그며 수민에게 안과에 가보라 말했다. 촬영지는 강화도 외진 곳에 있어서 병원까지 30분을 운전해야 했다. 하지만 수민에 운전이 가능한 예린까지 빠지면 촬영을 할 수 없다. 여전히 수민은 한쪽 눈을 뜨지 못했지만 나는 촬영을

40

무르지 못하고 수민을 혼자 병원에 보냈다. 그날 수민은 어떤 마음이었을까.

　예상 집합 시간보다 삼십 분이 늦었다. 오늘이 아니면 찍을 수 없는 서른 컷 중에 삼분의 일은 마음에서 지웠다. 아침을 챙겨주는데 품 안에서 연신 진동이 울렸다. 서울에서 돌아오는 스태프의 집합 대기 장소를 묻는 전화가 있었고, 뒤이어 갑작스러운 부탁에도 선뜻 강화도까지 지원을 와준 우연 누나의 전화도 있었다. 동윤, 캄캄하고 아무도 없는데 여기가 맞아? 나는 다짜고짜 촬영지 세팅을 부탁했다. 평상시라면 절대 하지 못할 무례였다. 이것으로 오늘이 지나면 인연이 끊어질 수도 있지만 그들의 도움이 없다면 또한 영화를 찍을 수 없었다. 나는 당연한 듯 친구를 부렸다. 처음 내가 마주했던 먹물을 쏟은 것처럼 새카만 강화도의 새벽하늘 앞에서. 그들은 어떤 마음이었을까. 몇 없는 친구를 지키기 위해서라도 이번까지만 영화를 찍고 다시는 영화를 찍지 않겠다.

　첫 테이크를 알리는 슬레이트 소리가 공터에 가득 울렸을 때는 이미 90분이 지연된 상태였다. 차량이 동원되고 가장 많은 인물이 등장하는 촬영이라 인원 공백이 체감됐다. 외부 스태프 중 하나가 인원 부족을 불평하며 예린을 꾸짖었다. 나는 친구 하나가 대타로 올 거라며 달랬다. 실제로 전날 지원을 부탁했던 친구가 있었다. 도움을 약속했던 친구는 연락이 없었다. 나는 그를 원망하지 않으려 애썼다. 첫째 날보다 두 명 적은 인원으로 촬영은 이어졌다. 스태프들이 저마다 본인 몫 이상을 해주지 않았더라면 촬영은 도중 엎어졌을 것이다. 모두들 처음 일감을 제안받았을 때 예상했던 범위 이상을 해냈다. 당일 오후, 안과에 갔던 수민이 돌아왔다. 한쪽 눈을 연신 깜박거리며 이 정도 상처는 거뜬하다며 끝까지 진행을 맡았다. 모두가 제 영화처럼 촬영에 임해주었다. 나를 돕기 위해 모인 친구들이 스태프로 가장 발 아프게 뛰어다녔다. 나는 그들에게 가장 모질었다.

넷째 날까지 이어진 촬영이 끝났다. 목표했던 147컷 중에 94컷을 찍었다. 추가촬영이 불가해 조각난 피카소 그림처럼 〈블루박스〉는 시나리오와 사뭇 다른 얼굴의 영화로 재탄생했다. 1년이 지난 지금, 〈블루박스〉는 바다 건너 밀란 영화제에서 각본상 후보에 오르고 콜카타 영화제에서 촬영상을 탔다. 기쁨보다 헛헛함이 앞섰다. 바다 건너온 상패가 신도림 작업실에 걸려 있다. 그것으로 나를 위해 싸워준 사람들을, 그때의 장면들을 떠올린다. 영화는 사람들의 희생을 먹고 탄생한다. 다시는 영화를 찍지 않겠다, 다시.

팩맨

지친 줄 모르고 걸었다
길은 나를 모서리로 안내했고
마침내 이 세계의 마지막 표지판을 발견
두더지가 정교하게 파놓은 지하 미로 속으로 들어갔다

이곳은 동물의 창자처럼 캄캄하고 축축하다
빛을 켜고 끄며 산란한 이들이 보였다
탁 쳐서 잡아 보니 떨고 있는 반딧불이
질투가 많은 나는 그것을 단숨에 삼켰다

누군가는 그것의 아랫배를 뚝 끊어
얼굴에 바르고 인디언 소리를 냈다

우우, 나는 그에게 공감했다

소리가 끊기자 새어 나온 청색 빛이 깜박거렸다
이집트 상형문자 같은 기호로 가득 찬 하얀 벽이 보였다
그는 멈췄고 남은 사람은 앞으로 향했다

이곳은 침묵과 닮은 검은색

누군가에 삼켜지기 전까지

빛을 삼키며 걷는

질투 많은 사람들이 있다

저는 사람들과 함께하지만

상처받지 않기 위해 저를 숨깁니다.

나를 잃어버려 한순간도 쉬지 못하는

마음으로 살아요.

퇴근하고 나서야 겨우 한숨 돌리며

입고 있던 갑옷을 벗는 마음입니다.

유연하고 단단해지고 싶어요.

숨 쉬고 싶습니다.

부러지지도 무너지지도 않고

커튼을 열고 제대로 사회와 마주하고

싶습니다.

뭍에 오른 바다거북

독서가 갖는 느림과 거북의 걸음은 맞닿아 있다.

거북은 날 때부터 거북이걸음으로 걷는데 가끔은 몇몇 동물들이 찾아와 저들 걸음을 따라 하라며 걷는다.

그들과 나의 방황이 같다. 거북은 입을 꾹 닫는다.

오랜 기간 그들을 품은 물에서 벗어나 육지에 오르는 거북이 있다. 왜 헤엄칠 운명을 지고 태어난 이들이 온몸으로 중력을 받아내며 걸음을 내딛는 걸까. 궁금증을 참기 어려울 때면 그들 가장 가까이—이를테면 뭍과 가장 가까운 해안가— 다가가 그들 꽁무니에 대고 외쳤다.

"무엇을 위해 걷습니까. 당신은 거북입니다!"

거북들은 묵묵히 고개를 숙인 채 앞으로 기어갔다. 돌아보는 이는 없었다. 간간이 하얀 모래언덕 아래로 거북들이 토하는 작은 신음이 떨어져 내려왔다. 무시당한 나는 약이

올랐다. 수면 위로 머리만 내놓고 더 크게 외쳤다.

"당신은 거북이라고요!"

매일같이 뭍 가장 가까이에서 외치길 수어 번. 여전히 답변은 돌아오지 않았다. 그사이 몇몇 거북들은 등딱지가 짓누르는 무게가 점점 몸에 익은 듯 더욱 힘차게 앞으로 내달았다. 간혹 오랜 시간을 제 자리에 처박힌 거북도 있었는데 낮과 밤이 바뀌길 수어 번, 그들은 같은 자리에 바위처럼 가만히 존재했다. 햇빛과 달빛이 메마른 거북의 등딱지 위로 우주의 나선을 새겼다. 다시 아침이 오면 다시 걸음을 이어갔다.

뭍으로 나간 거북들은 각기 다른 시간을 부유하다 해안으로 돌아왔다. 가득 낀 눈곱과 터진 실핏줄에도 불구하고 빛나는 그 눈망울을 아직도 잊지 못한다.

나는 왜 그들에 집착하는가. 질투가 잠식한 바다는 낯설었고 내가 가진 물갈퀴는 쓸모없어 보였다. 악에 받쳐 질문을 외쳐대는 내 주변에 물아래로 돌아가는 거북들과 뭍 위로 걸음을 내닫는 거북들이 오갔다. 그들은 여전히 아랑곳

하지 않고 그들 자신의 걸음을 뻗었다. 같은 물갈퀴를 갖고도 나는 여전히 물 안에 있고 그들은 물 바깥을 오간다. 그까짓 게 뭐라고. 해안 위를 정복하고 싶은 욕망이 생겼다.

이제 거북들이 뭍을 오르내리는 이유는 중요치 않았다. 내가 뭍을 오르길 바랐다. 단단히 약이 오른 나는 그들처럼 뭍 위로 물갈퀴를 뻗었다. 바닷속에서는 전혀 느낄 수 없던 새로운 감각이 엄습했다. 발바닥으로 따갑게 느껴지는 수백 개의 모래 알갱이, 물속에서 느낄 수 없었던 벽돌색 지면의 축축함, 나를 짓누르는 등딱지의 무게. 산산한 바람이 피부를 스치며 수분을 빼앗았다. 얼굴이 찢어질 것만 같았다. 점점 호흡이 가빴고 그럴수록 고개는 아래로 처졌다.

불현듯 물음에 침묵했던 거북들이 떠올랐다. 그들이 이 모든 새로운 감각과 싸우며 한 걸음씩 내달을 때에 나는 어디에 에너지를 쏟고 있었나.

"당신, 무엇을 위해 걷습니까. 당신은 거북입니다!"

뭍을 오른 지 삼시간도 채 안 돼서 답변을 채근하는 외침이 들렸다. 뒤돌아볼 여력이 없었다. 언젠가 고행을 마치고 뭍으로 돌아올 때는 일러주리라.

　성장과 안정, 욕심과 멈춤. 꿈과 나이. 선택을 강요하는 수많은 명사로 혼란한 세상에서, 백지 위에는 딱 우리가 경험한 만큼 커다란 원이 하나 존재한다. 원의 내부는 지금껏 경험한 당신의 세계다. 수많은 명사 중 하나를 선택하는 것보다 중요한 건 땅따먹기 하듯 우리 세계의 지름을 넓혀가는 것. 거북이 물 바깥으로 기어간 거리만큼 원둘레는 늘어난다.

　여전히 아침이면 집 앞 카페로 출근해 책을 편다. 그곳에는 거북들이 많다. 나는 느리게 책장을 넘기고 두 귀로 저마다의 행진을 듣는다.

퇴사했습니다.

뒤늦게 새로운 진로를 찾고 있어요.

더 시간을 지체하다가

'아, 그때라도 그만두고

새로운 길을 찾을걸.'

이런 후회는 하고 싶지 않았어요.

무엇이든 해봐야

원하는 일을 찾을 수 있지 않을까요?

그동안 해보고 싶었던 걸 다 해보는

중입니다.

일단 하면 어떻게든 되더라

연기로 자리 잡기 전까지 작가로 벌이를 하겠다, 출사표를 던지고 강좌를 연 지 1년째. 6주 간격으로 새로운 기수 학인들을 만나고 있다. 클래스 이름은 글모임. 격주로 영화를 선정해서 제공하는 9개의 발제문으로 학인들은 자신의 이야기를 꺼내고, 그것을 글로 옮겨 마지막 날 한 권의 책으로 만드는 모임 형태의 수업이다. 드문드문 자료를 보완하고 모집 글을 업로드하며 이어오다 보니 어느덧 20기를 눈앞에 두고 있다.

매번 대여섯 명의 수강생과 함께 클래스를 여는 건 이제 익숙하지만, 처음 작업실을 구했을 때만 해도 모든 것이 불명확했다.

작업실은 계약 때부터 두 가지 목적이 있었다. 첫째, 연기 연습할 공간으로서의 활용과 둘째, 화방 운영. 집에서 연기를 연습할 때면 옆방이 아빠의 작업실인 이유로 폭력적이거나 낯간지러운 대사에는 발음을 애써 뭉개야 했고, 불규칙적인 촬영 일정으로 아르바이트가 어려워 촬영 외 수입원이 되어줄 나만의 작업장이 필요했다.

사자가 떠난 자리를 노리는 하이에나처럼 괜찮은 매물을 노린 끝에 신도림에 있는 지하 작업실을 계약했다. 이때부터 이곳저곳에서 하나씩 떼어온 톱니바퀴들이 기다렸다는 듯 맞물려 돌아가는 것 같았다. 때마침 소속사 대표님께서 잡아준 오디션이 있었고 매일같이 작업실로 가 연기 훈련을 했다. 틈틈이 이젤과 캔버스, 넉넉한 양의 유화 물감을 모았다. 졸업 타이밍에 맞춘 화방 오픈 일정 또한 순조로워 보였다.

학교 수업이 끝나면 저녁에 연기 레슨을 받았고, 집으로 돌아와 과제를 끝내면 새벽에 작업실로 가 밀린 페인트칠을 했다. 새벽 3시까지 일하다 잠들어도 다음 날 8시가 되면 자동으로 눈이 떠졌고, 잠깐의 시간에도 나는 미술교육 관련 도서를 읽거나 화방 아이템을 구상했다.

그러나 악재는 기다렸다는 듯 연달아 터지기 시작했다.

다시 첫 번째, 회사와 계약을 해지했다. 기대가 컸던 회사였지만 아쉽게도 그들의 눈길은 내게서 멀어졌다. 한번 상업 오디션에서 떨어진 이후 1년간 오디션이 없었다.

어느 순간부터 생겨난 방어기제로 전처럼 여유롭게 회사를 찾을 수 없었다. 나는 조급했고 연기에 붙은 자신감을 빠르게 잃어갔다. 계약 전과 똑같이 홀로 프로필 카드를 돌려가며 단편영화를 찍었다. 대표님은 본질적인 연기 연습에 정진하길 바랐으나, 단편영화 출연으로 당장이라도 상업 오디션을 볼 수 있는 자원임을 스스로 증명하고 싶었다.

결국 스스로 영화를 연출하겠다, 통보하는 데 이르렀고 회사와는 영화를 찍은 후 건조한 이별을 했다. 연출에는 많은 시간과 노력이 요구된다. 영화를 찍는 반년 동안 나는 회사 내에서 배우, 작가, 감독, 그 사이 어딘가 놓인 사람이었다.

두 번째, 화방 오픈을 눈앞에 두고서 인정한 사실인데, 누군가를 가르치기에는 기본기가 약했다. 회화 작가로 일하고 있었기에 자존심 부리며 실력 부족을 외면했다. 공모와 전시에 참가한 것 이외에도 동료 작가에게 2년간 데생과 유화를 배웠고, 대학을 다니며 관련 수업을 들었지만 중요하지 않았다. 나는 좋아하는 것 위주로만 공부했고 좋아하는 양식으로만 그림을 그렸다. 부족한 실력을 지식과 센스로 대체하려다 보니, 창업 막바지가 돼서야 현실 직시가 됐다.

모든 그림 작가가 선생님이 될 수 있는 건 아니다. 수강생이 그리다 만 그림을 몇 번의 터치로 근사하게 고쳐줄 마법사라고 해서 화방을 차리는 게 아닌, 그들에게 교육자로

서 제공할 확실한 콘텐츠와 철학이 있어야 한다. 나는 모든 걸 너무 쉽게 생각하고 일을 벌인 뒤 수습하면서 그 어려움을 직면한다. 클래스 운영의 기본 알고리즘을 충족시킬 용기가 내겐 없었다.

발등에 불이 떨어지고 나서야 객관적으로 나를 볼 수 있었다. 냉정하게 학인들에게 제공할 수 있는 건 그리는 기쁨, 전시 팁, 그림을 공부하며 익힌 몇 가지 알량한 기술과 정보였다. 나는 그림 하나로 성공한 작가도 아니었고, 여덟 번 남짓한 전시와 페어 경험이 있었지만 횟수를 채우는 건 여느 작가나 할 수 있는 일이며, 입시에 합격해 디자인과에 들어간 경우도 아니었다. 공간 또한 지하 작업실이라 냄새가 있는 유화에 적합하지 않았고 더구나 레슨생의 그림에 요술을 부려줄 마법사 유형의 작가도 아니었다. 회사와 이별하고 화방을 포기하니 작업실에 갈 일이 없었다.

작업실은 긴 시간 방치됐다. 이따금 영화 제작을 위한 회의와 촬영 세트장으로 사용된 게 전부였다.

1년이 지났지만 계약 기간은 아직 더 남아 있었다. 이대로 항복 선언하고 작업실을 넘기고 싶었지만 왠지 오기가 생겼다. 방향을 수정했다. 어쩌면 나는 20대에 표현하는 업을 편력하며 살았다 할 수 있는데, 그 모든 경력을 하나로 모을 수 있는 게 글이었다. 연기는 욕심에 늘 나를 작게 만들었고 그림은 편식해 속이 없었지만, 글이라면 제공할 가치가 있었다. 카페를 정리하고 쓴 첫 책에는 작업실 활용 계획 초안이 남아 있다.

"당장 다음 카페를 차릴 계획은 없다. 하지만 언젠가 다시 카페를 차릴 것 같다. 감사하게도 그런 날이 온다면, 생각만 존재하고 결과로 보이지 못했던 많은 아이디어를 실현하고자 한다. 비범한 동네 주민들이 모여 함께 무언가를 해내고, 결과물을 공유한다. 시작은 역시 동네의 조그마한 카페겠지만 가끔은 이런 생각에 혼자 두근거리곤 한다."

현대인에게 따뜻한 위로를 건네는 모임. 동네에 여러 가지 표현 도구로 각자의 일상을 기록하는 창구를 열면 좋겠다는 생각이 있었다. 글은 누구나 쓸 수 있고 표현에 용이하다. 또한 영화를 활용한다면, 나의 전공으로 자연스레 사람들의 솔직한 마음을 끌어낼 수 있다. 모든 계획을 짜놓고 수강생 모집을 주저하고 있자 오랜만에 만난 친구 성재가 말했다.

"일단 시작해. 처음이니까 어설픈 건 당연해. 시작하지 않으면 기회는 없어. 일단 부닥치고 살 붙이고 사족은 떼어내면 충분해. 네 마음에 달린 일이야."

끝에 가서는 늘 생각만 많았다. 회사에서 일이 없을 때도, 화방을 준비하면서도, 성장이 더디면 끈기 있게 물고 늘어질 줄 모르고 곧바로 다음 계획을 준비했다. 매번 빠른 피벗으로 정작 중요한 걸 놓쳤다.

기적은 눈 딱 감고 실행할 때 온다. 인스타그램에 모집 글을 올렸다. 네 명의 학인이 모였다. 그들의 피부에 붙은 페르소나를 떼어내고 어릴 적 친구들과 수다 떨 듯이, 글로서 자기표현을 할 수 있게 도왔다. 실전은 계획한 대로만은 움직이지 않아서 여러 보완이 필요했다. 그렇게 첫 수업보다 발전시킨 두 번째 수업을 열고, 그다음 수업을 열었다. 이후의 과정은 조소를 하는 것과 같았다. 뼈대에 듬성듬성 붙은 살점을 떼어가며 다듬으니 강의는 나름 보기 좋은 모양으로 변했다.

실력보다 마음에 달린 일. 알면서도 자꾸 잊어 문제다.

15년 동안 전념했던 분야를 떠나

새로운 길을 가기 위해 준비하고 있습니다.

열심히 하다가도 이게 맞는 건지

걱정이 됩니다.

남들 시선도 신경 쓰이고,

제 마음도 자꾸만 조급해지네요.

저, 잘할 수 있을까요?

한 걸음 한 걸음

어깨에 진 등딱지가 힘겨울 때면 나는 지우펀의 바다를 떠올린다. 얼마 전 할머니 댁에서 가족 여행지를 논의하던 중에 이모는 바다가 싫다 했고 이모부는 그래서 바다와 산을 동시에 볼 수 있는 곳을 찾는다 했다. 그때 나는 지우펀을 떠올렸다. 타이베이에서 두 시간 남짓 버스를 타고 떠나 바다와 산을 동시에 볼 수 있는 곳. 섬나라 대만의 오른쪽 끝, 진녹색의 생경한 때깔을 가진 곳. 덩굴이 무겁게 우거진 나무들 사이로 눈이 멀 것처럼 파란 바다가 빛나고 있다. 이모는 바다 곁에 있으면 우울하다 했다. 이모에게 파도의 기쁨을 선물하고 싶다. 파란색은 우울을 심는 동시에 게우도록 하는 힘이 있다.

대만은 제2의 고향이다. 나는 가끔 유치원생보다 못한 중국어로 대만인이라 소개하길 즐긴다. 체류한 일자는 고작 7개월 남짓. 벌써 6년이 지난 지금까지 그때의 정서를 붙잡고 늘어지는 건, 대만에서 정착하고자 마음을 먹었지만 계약 문제로 틀어져 강제로 한국에 송환된 탓이다.

스물네 살의 나는 대만에 두 번째 터를 놓으려 했다. 당시 내 직업은 패션모델이었다. 원하던 소속사에 들어갔지만 차라리 없는 게 나았을까. 일적으로 대표와 의견이 맞지 않았다. 미팅이 있을 때면 소속사로 직접 찾아가 얼굴 보고 이야기를 나누곤 했는데 새로 이사한 사무실에 어느 날부터 소속 모델들 사진이 하나씩 전시됐다. 열 명이 넘는 모델들 얼굴 속 내 얼굴은 없었다. 한국에서의 기대를 접고 무작정 소속사를 찾으러 대만행 비행기 표를 끊었을 때에는, 거북이 등딱지처럼 딱딱하게 굳은 직업모델로서의 책임감의 무게를 제외하면 모든 존재가 가볍게 느껴졌다. 가족, 친구, 동료, 아무 관계없는 타인의 시선마저 감당하기 버거웠다. 나는 차라리 낯선 국가에 희망을 걸었다. 대만에서 일하던 친구가 이곳은 해가 뜨거우니 선글라스를 준비하라 일러주었다. 대만으로 가는 비행기에서부터 나는 선글라스를 꼈다. 선글라스를 끼고 본 세상은 어두웠고 선글라스를 벗고 본 세상은 밝았다. 대만 대표와 계약을 따내고 대만으로 향하는 두 번째 비행기에서, 나는 다시 검은 선글라스를 끼고 많은 꿈을 꾸었다.

습하고 꿉꿉한, 끈적이는 습기가 캐시미어 목폴라를 입은 듯 몸에 착 달라붙었다. 낯섦을 낯설지 않게 하는 데는 많은 시간이 필요하지 않았다. 쨍한 Egyptian Blue 하늘. 난잡하게 우거진 열대 우림 덩굴. 공항버스를 기다리며 나는 대만을 사랑하게 될 것을 직감했다. 버건디색 지붕과 아이보리색 몸체를 가진 버스가 내 앞에 멈췄다. 덕분에 쨍한 햇살을 받은 버스의 먹색 그림자가 넓고 길게 뻗었다. 나는 진한 응달 아래로 들어가 버스 아랫배에 캐리어를 밀어 넣고 몸체로 들어갔다. 종이 티켓을 기사님께 건네며 연습한 중국어 발음으로 "Xie Xie"라고 말했다. 기사님의 건조한 입술이 찢어지며 붉은 미소가 피었다. 한국 우등버스만큼 널찍한 좌석에 몸을 뉘었다. 무더운 여름, 야외 주차장에 세워둔 차에서 풍기는 뜨거운 내가 났다. 가만히 그 냄새를 맡았다.

내가 속한 모델 회사는 서양인 에이전시였다. 아시아인은 매니저들뿐이었고 어쩌다 한두 명이 동양인 모델로 들어왔다. 대만은 유럽을 향해 도전하는 한국인 패션모델들에게 매력적인 일터는 아니었다. 나는 이곳의 유일한 한국인 모델이었다. 건너오기 전 패션모델 송경아 님과 가수 황보 님의 타지 에이전시 생활을 녹인 책을 읽었다. 공통적으로 동양인끼리 의지하며 서러움을 극복한 일화가 있었다. 계약서를 쓰러 갔을 때 싱가포르 모델을 만날 수 있었다. 근육질 몸통 위로 하얀 민소매 티셔츠를 입은 싱가폴 모델은 무슨 일인지 뾰로통해 보였다. 그의 표정이 호의적이지 않았기에, 굳이 가까이하지 않았다.

대표가 새삼스레 이름을 물었다. Aiden이라 했다. 대표가 고개를 저었다. 영어 이름 말고 대만에서 활동할 중국어 이름으로 생각한 것이 있냐 되묻는다. 나는 남는 종이에 한자 이름을 적어 유치원 아이가 선생님께 자랑하듯 보여주었다. 중국어로 어떻게 읽는지는 모른다 말했다. 대표가 이름이 적힌 글씨와 내 얼굴을 번갈아 보더니 다시 고개를 저었다.

"東兒! keyima?(아기 동윤! 괜찮지?)"

대표의 입가에 미소가 번지며 주름이 깊게 파였다. 마음에 들지 않았지만 어차피 나는 영어 이름만 소개할 거니까 그렇다 동의했다. 사무실 벽에는 공간을 가득 메운 화이트보드가 걸려 있었다. 가장 윗단부터 서양 모델 얼굴들이 차례로 붙어 있었다. 활동 중인 소속 모델들이었다. 매니저가 Aiden Yuh(東兒)로 수정된 내 프로필 카드를 프린트해 그들 사이 붙여놓았다. 핀터레스트에서 본 것 같은 서양 모델들과 같은 위치에 놓인 내 얼굴이 낯설었다. 리븐델에서 반지원정대에 합류한 엘프를 만났을 때 호빗들과 나는 소속

감에 같은 벅참을 느꼈을 것이다. 화이트보드에 붙은 내 사진을 찍었다. 대표는 나를 흐뭇하게 바라보았다.

거주하는 곳과 정산, 매니저 연락처 등의 세부 사항을 추가로 전달받고 회사를 나왔다. 따뜻한 습기가 진공 포장지에 열을 가한 것처럼 전신을 감쌌다. 대만은 겨울에도 반소매를 입고 다닐 만큼 덥고 습하다. 예고 없는 장대비가 하늘에 구멍이라도 뚫린 양 종일 쏟아질 때도 있다. 심술궂은 날씨 탓인지, 사람들은 대부분 꾸밈에 가치를 두고 있지 않은 듯했다. 목 늘어난 빈티지 티셔츠와 주머니가 열매처럼 달린 바지를 입은 거리의 사람들. 햇빛을 쐬러 나온 러닝셔츠 입은 어르신. 이곳은 나 자신 외에 나를 신경 쓰는 사람이 없었다. 대만의 진득한 공기는 한국보다 상쾌했다.

사연

돈이 없이도 행복을 느낄 수 있는 사람이

되고 싶어요.

한 걸음 두 걸음

생애 첫 자취를 대만에서 했다. 타이베이 지하철 초록색 라인, 타이페이 아레나 역사 근처에 고시원 같은 에어비앤비가 있었다. 20평쯤 되는 공간에 가벽을 세워 만든 네댓 개의 방이 있었다. 각방에는 널찍한 화장실과 작은 침대, 50리터 냉장고와 책상이 있다. 3평쯤 되는 작은 공간이지만 행복했다. 벌레의 침략이 간헐적으로 있었지만 대수는 아니었다. 침대 옆 벽면 틈으로 볼펜 똥만 한 작은 개미 떼가 횡렬 종대로 오가면 샴푸 몸통에 붙은 스티커를 떼어내 막았고, 문틈으로 엄지만 한 바퀴벌레가 침범하면 마트에서 산 계핏가루를 던져 쫓아냈다. 내게는 하루 두 번의 샤워를 쾌적하게 할 수 있는 넓고 수압 좋은 화장실이 있었고 네댓 방 중 둘만 가진 창문이 있었다. 방음공사가 잘 되어 센티한 밤에 폴 킴의 '비'를 흥얼거려도 아무도 항의하지 않았고 역과 카페, 할인 마트 모두 가까이 있었다. 창 바깥으로 이따금 못생긴 새가 날아들어 창문 옆 전신줄에 앉으면 전신줄이 엷게 흔들렸다. 오후부터는 하교하는 중학생들의 웃음소리가 들렸다. 이곳의 모든 시간은 장판 위를 구르는 솔바람처럼 느긋하고 산산하게 흘렀다.

늘 내 맘대로 조정할 수 있는 공간을 꿈꿨다. 부모님이 준 용돈을 달러로 환전해 쓰는 신세였지만 배로 벌어 금의환향할 자신이 있었다. 대만 모델 회사 계약을 마치고 가장 먼저 한 건 언어 공부를 루틴화시키는 일이었다. 이곳은 모두가 중국어로 소통했다. 서양인 모델 회사라서 직원들과 영어로 대화가 가능했지만 일을 더 많이 하려면 필히 중국어를 배워 〈비정상회담〉 같은 예능 프로그램에 나가 외국인 연예인이 돼야 했다.

기상은 오전 7시 30분. 눈곱만 대충 떼고 주황색 간판이 달린 대만 체인점 루이자 커피로 향했다. 꼭 그 시간대에 갓 구운 크루아상이 나왔기 때문이다. 대만인들 사이 어딘가 앉아 줄 이어폰을 귀에 꽂고, 모닝커피와 크루아상을 입 안에 넣으며 꼭 CNN 뉴스를 틀었다. 무시무시한 영문 단어들이 두 귀를 뚫었다. 30분간 뉴스를 듣고 중국어 공부하는 앱을 켜 필사했다. 공책을 덮으면 눈앞에 지렁이 같은 붉은 실선이 눈앞을 아른거렸다. 매일 아침밥을 먹으며 1차 중국어 공부를 끝내고 나서도 하루 스케줄에 따라 중국어 공부는 3차에서 5차까지 이어졌는데, 그게 첫 3개월 일과의 대부분이었다(대만에서 일할 수 있는 워크 퍼밋은 3개월마다 갱신해야 했으므로 3개월 주기로 계약을 맺었다).

온전히 혼자서 보내는 시간이 길어졌다. 도착하고 며칠 간 밥을 먹을 때도 산책을 할 때도, 할 수 있는 일이라곤 공부하며 소속사 오디션 연락을 기다리는 것뿐이었다. 고독이 짙어질수록 사람이 그리웠다. 그럴 때면 관광객이 되어 주변을 여행하거나 루이자 커피를 찾았다. 밤이 되면 타이베이 101 빌딩이 보이는 야경을 보기 위해 코끼리 산을 올랐고, 일주일에 한 번 꼭 바다와 산이 함께 아우러진 지우편을 찾았다.

한 달쯤 지나서야 아침 먹으러 매일같이 들르는 루이자 커피에 2층이 있다는 걸 알았다. 좁은 1층에서 눈치 보며 중국어를 옹알거리는 외국인이 안쓰러웠는지 대만인 아르바이트생이 2층에서 편하게 공부하라며 귀띔해줬다. 이따금 일로 회사 매니저를 만나는 걸 제외하면 귀에 꽂은 이어폰으로 들리는 중국어 강사의 목소리가 내게 말 건네는 사람의 전부였는데, 그 세계가 깨졌다. 그때부터 마냥 낯설었던 대만인의 얼굴이 한국인의 얼굴처럼 낯설게 느껴지지 않았다.

루이자 커피 직원은 모두 검은색 유니폼을 입는다. 처음엔 보이지 않았던 그들의 얼굴이 보였다. 모두 내 또래였다. 2층의 존재를 알려준 시점부터 나는 매일 아침 그들에

게 인사를 건넸다. 그리고 어느 날, 나도 모르게 툭 인사 뒤
에 내 이야기를 꺼냈다.

"Ni Hao. I'm from Korea. (여기 이사 왔어요. 한국에서
왔어요.)"
"Ni Hao. Okay..."

그들은 고장 난 로봇처럼 서로를 쳐다봤다. 그들은 영어
를 못했고 나는 중국어를 못했다. 우리의 대화가 성립될 수
없는 걸 알면서도 카페에 갈 때마다 당연하게 말을 걸었다.
사람과 대화할 수 있는 유일한 시간이었다. 답답한 대화 시
간이었지만 매일 정확히 한 문장씩 늘어갔다. 어제 먹은 과
일이 사과였다고 이해시키기 위해, 내 직업이 패션모델이
라고 설명하기 위해, 우리는 입이 아닌 손으로 대화했다.
오른손에는 볼펜을, 왼손에는 구글 번역기 켠 핸드폰을 들
고 중국어와 영어를 혼합해 우리만의 새로운 대화법을 익
혀갔다.

오전 시간대 근무하는, 연인이 아닌 두 남녀는 대학을 다
니지 않았다. 독립적인 그들은 독립적인 나를 좋아했다. 그
들이 부모의 지원을 거부하고 혼자 살며 경제 활동을 하듯,

타국에 넘어와 패션모델 일하며 분투하는 어느 청춘만화 주인공을 떠올린 모양이다. 나는 매주 월요일이면 시티은 행에 들러 부모님이 보내준 용돈을 꺼내 이곳 루이자 커피 로 온다는 설명을 할 수 없는 언어의 장벽에 감사했다.

"Aiden은 크루아상을 좋아해? 왜 매일 아침 크루아상을 먹어?"

"우리 집 옆에 있는 파스타 가게가 11시에 열거든."

"맙소사 그럼 점심은 항상 파스타를 먹은 거야? 심지어 80 NTD(한화로 삼천 원)로도 먹을 수 있는 게 많아. 소개해줄게."

루이자 커피 직원 친구들 덕분에 현지인만 아는 정보를 많이 얻을 수 있었다. 이를테면 더 이상 아침 식사를 크루 아상으로 때우지 않아도 된다는 점이다. 당연하게도 현지 대만인은 커피점에서 아침을 먹지 않는다. 크루아상보다 싸고 든든히 해결할 수 있는 요깃거리를 파는 대만 전통 음 식점이 도처에 있었다. 이제 나는 단 소스를 곁들여 먹는 깍둑 썰기 된 두부와 전분 조각, 유부와 두부 조각을 올려 먹는 어죽, 끈끈한 점액질의 청경채와 짭조름한 팥죽색 오 리 고기로 다양한 아침을 먹을 수 있었다. 그들의 친절함은

음식에 국한되지 않았다.

대만의 거리는 미국 도시건설처럼 블록화 되어 있다. 깔끔하게 종과 횡으로 나뉜 구역 내에 아파트 단지가 모여 있고 블록의 양 모서리에는 지붕 아래 상가들이 모여 있다. 넓게 뻗은 도로와 상가의 좁은 복도가 이루는 대비는 영화 〈중경삼림〉 속 경찰 663과 페이의 스낵바 같이 향수 가득하면서 구수한 인상으로 이어진다. 빈티지 가게에서나 볼 법한 포스터와 녹슨 간판엔 붉고 기다란 중국어 필기체가 만연하다. 유행 지난 옷과 가전제품, 간장에 절인 오리 요리가 각각 가게 앞 커다란 통창 가까이 놓여 있다. 상가 복도에는 러닝셔츠를 입은 대만 어르신들과 늘어난 옷을 입은 더벅머리 청년들이 걸어 다녔다. 그 복도를 친절한 루이자 친구들과 함께 걸었다. 그들은 중국어와 영어가 섞인 서툰 대화법으로 자신의 동네를 소개했다. 나 역시 서툰 중국어와 영어로 그들의 설명을 이해하고 기억하려 노력했다. 우리 미간은 접혔지만 웃음은 가득했다.

사랑받기 원하는 제 모습이

가끔은 초라하고 하찮습니다.

사람들에게 많은 걸 바라는 건가, 싶다가도

스스로 사랑받을 수 있는 사람인지

생각하면 끝도 없이 가라앉습니다.

저도 충분히 사랑받을 수 있는 사람이라고,

스스로 얘기해주고 싶습니다.

우리가 만든 건 고흐의 손편지와
샤갈의 그림과 같다

말이 서툴러 익숙한 도구를 거쳐야 생각을 온전히 전달할 수 있는 사람이 있다. 빈센트 반 고흐가 그랬다. 1890년 6월 말, 고흐는 파리 4층에 있는 테오의 집을 찾았다. 당시 사업 문제로 골머리를 앓던 테오와 고흐는 다퉜다. 고흐는 오베르 쉬르 우아즈로 돌아와서 죽음을 떠올리던 복잡한 심경을 편지로 남기지만 차마 테오에게 전달하지 못했다. 같은 해 7월 고흐는 자신의 복부에 총을 쏘았다. 편지는 고흐가 세상을 떠난 후 3일이 지나 테오에게 전달됐다. 테오는 지금까지의 편지와 다르게 이번 편지 내용만큼은 말뜻을 온전히 이해할 수 없었다고 말했다.

고흐는 혈육 그 이상의 사랑으로 자신을 돌본 동생 테오에게 마음의 빚이 있었다. 그것을 800통이 넘는 편지에 담았다. 파리에서 가난한 예술가의 그림을 판매하는 화상 일을 하던 테오는 일찍이 형을 뒷바라지하며 지지했다. 고흐가 기본기의 부족함을 느껴 학당에서 유화 수학을 결정했을 때, 외로움에 가족이 반대하는 가난한 거리의 미망인을 정부로 들였을 때, 없는 형편에 예술가들을 모아 공동체를 형성하고 거듭된 실패로 끝끝내 정신병원에서 치료를 받을 때 모두 테오는 고흐를 북돋았다. 고마움이 담긴 편지 수백 장이 세상에 남았다. 편지를 부칠 때는 자신이 그리는 작품의 스케치를 넣어 보내기도 했다. 고흐의 시선으로 그려진 작품이지만, 그 속에는 동생에게 전달하려는 고마움과 반드시 믿음에 보답하겠다는 자신감으로 가득 차 있었다.

평생 한 명의 여자를 사랑했다고 말할 수 있는 마르크 샤갈은 그림으로 사랑을 말했다. 누구라도 샤갈의 그림에 담긴 사랑의 밀어를 모른 체 할 수 없을 것이다. 1914년 파리에서 미술을 공부하던 샤갈은 러시아 비테브스크에서 만난 벨라 로젠펠트가 다른 사람을 만날까 두려워 고국으로 돌아와 그녀에게 청혼했다. 그녀가 바이러스성 감염으로 갑작스럽게 사망하는 1944년 9월까지, 그녀만을 사랑했다. 이후 딸 이다의 소개로 만났던 두 명의 연인이 있지만 그림으로 알 수 있다. 벨라가 살아 있을 때 샤갈은 그녀를 모델로 하는 그림을 많이 그렸다. '연인들', '도시 위에서', '산책', '생일', '에펠탑의 신랑 신부'. 그림 감상이 낯선 사람도 사랑을 느낄 법한 그림이다. 그녀가 떠난 후 반년간 작품 활동을 멈추었다가, 이후 벨라를 애도하는 작품을 그렸는데 '그녀 주위에' 작품에서 드러나듯 화폭 위에 애도의 청색이 가득하다.

고흐의 편지는 주저하는 사람이 쓴 감사의 시다.
샤갈의 그림은 사랑을 함부로 말할 수 없는 사람이 찍은 멜로 영화다.

손편지와 그림을 선물하는 사람들을 사랑했다. 그들과 나는 같은 유형의 사람이다. 속마음을 표현하는 데 있어서 나는 완벽한 내향인이다. 쉽게 툭툭 말하는 사람들을 동경했던 적도 있다. 얼마 가진 않았다. 갖지 못한 것을 소유한 사람에 대한 단순 호기심이었을 뿐. 언어를 전달하는 다양한 방식 가운데 내게는 말이 가장 급하다. 말로써 표현하길 즐겨 하는 사람은 시원할지 몰라도, 나같이 버퍼링 긴 사람들은 알고리즘 연산체계가 복잡해 쉽게 피로를 느낀다. 충분히 소화하고 정제된 결과만을 나누길 바란다.

지금이 조선 시대라면, 첫눈에 마음을 앗아간 건너편 마을 여인에게 어떻게 표현해야 했을까. 나는 사랑을 확신한 시점에 주먹만 한 크기의 장작을 찾아 펼 것이다. 그때부터 나무 인형을 조각할 것이다. 그리고 그 여인이 구름을 보러 나오는 장소를 눈여겨봤다가, 내 마음에 꼭 드는 잘생긴 바위 위에 툭 올려놓을 것이다. 발견하지 못해도 아쉬움 없다. 그때의 나는 그렇게 해야만 숨을 쉴 수 있었을 테니. 만약 운명이 도와 그 여인과 혼례라도 한다면 그때는 말해줄 것이다. 그 시절의 나는 당신을 너무 사랑해서, 당신이 드나드는 산책길 위에 나무 인형을 올려놓았다고.

2022년을 바친 〈블루박스〉가 그랬고 나를 대변하는 죠지의 탄생이 그랬다. 발단은 알 수 없다. 생각은 붉은색 잉크 한 방울이 떨어진 습자지처럼 세포를 삼키려는 듯 순식간에 퍼진다. 분명한 건 어떤 말을 입 밖으로 꺼내고 싶은 강렬한 욕망이 실행된 결과라는 것이다. 발설에는 영 능력이 없으므로 다른 표현 방식을 빌어 뭔가를 뚝딱뚝딱 만드는 데 능하다.

오디션 때 자기소개를 하라면 나이 대신 몇 년생인지 말하는 게 이득인 날이 왔다. 고등학생, 대학생 이미지를 원하는 감독에게 30은 충분히 고민될 숫자이니까. 나이가 들수록 말을 삼가야 멋진 어른이라 했다. 20대에 만난 말 많은 30대 형들은 대부분 피곤했다. 배울 게 많은 멋진 형이라면 모를까. 그렇지 않은 형들은 말을 더 하려면 응당 밥값이라도 계산해야 한다. 나는 실컷 하고 싶은 말을 하고 청중들에 대한 수고 값도 치르지 않는 수다쟁이 형이 되긴 싫다. 평생 말을 아끼며 살았는데 이젠 말을 삼가는 게 미덕이 되는 나이가 됐다. 마음을 숨기는 건 누구보다 자신 있다. 발설 못한 에너지와 단어들을 마음 냄비에 들러붙은 밥풀처럼 긁어모아 편지를 쓰고 그림을 그리겠다.

당신이 나와 같다면, 우리가 만드는 것은 고흐의 손편지와 샤갈의 그림과 같다. 말이 서투른 사람들은 보통 이렇게 속마음을 꺼낸다.

저는 월요일부터 금요일을 기다리는

K-직딩입니다.

바쁘게 살다 보니

저라는 사람을 잊고 사는 것 같아요.

많은 사람을 돌보고, 위하는 사람이지만

정작 나는 늘 뒷전이 된달까요?

공허함이 밀려오기도 합니다.

이렇게 매일 달리기만 하다가 몸과 마음 모두

소진되어, 내게 소중한 것을 점점 잃기만 하는

삶을 살게 될까 봐.

그러다 문득 잊고 살던 꿈이 다시 떠올랐어요.

아주 오랜만에 가슴이 뛰었습니다.

이상과 현실 사이에서 줄타기를 하고 있지만...

저, 그 꿈을 향해 다시 걸어봐도 될까요?

영화 〈블루박스〉를 찍으며 생각한 것

하루에 세 시간씩 자도 웃을 수 있고 종일 코피를 머금고 살았어도 열정으로 행복했다. 이제 모두가 공들여 쌓은 수만 피스의 도미노 중 가장 앞머리를 툭 건드려 쓰러뜨릴 순간이다. 그 모든 책임으로의 해방. 어디선가 라흐마니노프의 피아노 협주곡 3번 3악장의 피날레 연주가 소리를 키운다. 살면서 그렇게 많은 도미노를 세워본 적 있었나. 처음 도미노를 세울 때 나는 철저히 혼자였다. 하지만 도미노가 모두 쓰러져 거대한 〈블루박스〉를 만든 지금, 마법처럼 나는 많은 사람들과 함께 있다.

2022년 겨울, 강화도. 도미노 게임이 열렸다. 목표는 5만 피스.

영화 찍는 과정을 크게 셋으로 나눌 수 있다. 기획/각본으로 투자를 완성 짓고 제작 준비와 더불어 배우 오디션을 진행하는 프리-프로덕션. 정말로 영화를 찍는 프로덕션. 찍은 재료를 조립하고 해체하며 그 위에 음악을 얹고 색깔 옷을 입히는 포스트-프로덕션. 어느 하나 중요하지 않은 게 없지만 그럼에도 영화를 찍을 때 가장 중요한 건 투자다. 아무리 잘 쓴 각본도, 유능한 감독과 날 선 연기를 하는 배우도, 투자가 없다면 세상에 나올 수 없다.

처음 도미노를 쌓을 때는 철저한 혼자였다. 글쓰기가 그렇듯이 바닷속 유영하는 이야기를 수면 위로 건져 올리려면 낚싯대를 잡고 명상하듯 인내하는 시간이 필연이다. 나는 고독한 내가 익숙했다. 연습실이나 내 방이나, 5평 남짓한 방에서 준비하는 건 마찬가지다. 하지만 공모전 지원 양식에는 작품에 참여하는 감독 이외에도 조연출, 피디, 촬영/미술/조명/음향/음악/믹싱/편집 감독, 그 밖의 스태프들의 이름이 필요했다. 내 이름 외는 기재할 수 없어 그대로 제출했다. 당연하게 떨어졌다.

혼자였기 때문에 공모전에서 떨어진 거라 생각했다. 심사위원들의 음성이 들리는 것 같았다. 영화를 혼자 찍겠다고? 이 산업을 제대로 이해도 못 하고 있군. 탈락! 시나리오 6고(6고라 쓰고 20고라 읽는다)째 쓰고 스태프의 필요성을 느꼈다. 아이가 어른으로 성장할 시간이 온 것이다. 인원 모집 전 우려했던 마음을 쓰라면 일기장 한 권을 가득 메울 수 있다. 하지만 주저했던 시간이 무색하게 나는 어렵지 않게 〈블루박스〉 헤드 스태프를 꾸릴 수 있었다.

투자가 성사되고 프로덕션이 진행되기까지 3개월 동안 신도림 작업실에 모였다. 프리-프로덕션에 참여한 인원은 전원 지인이다. 이들 중 영화 스태프로 일하는 사람은 스크립터 채원뿐이다. 채원은 나를 배우로 캐스팅한 〈당신의 기쁨〉이라는 오컬트, 좀비 장르 영화감독이다. 조연출 수민은 화방에서 그림을 그리다 만난 배우다. 피디 예린 또한 같은 영화에 출연한 배우고 미술부장 정연도 함께 5개월 동안 함께 연기를 수련한 배우이며, 의상감독 수현 누나는 5년 전처음 패션모델 일을 시작했을 때부터 작업하며 친해진 스타일리스트다. 나는 그들에게 커피와 식사 외에는 대접할형편이 못 됐다. 그들은 친구가 영화를 빙자하여 일을 강요하는 낯선 환경이 어색할 텐데도 제 일처럼 〈블루박스〉의완성을 위해 최선을 다해주었다.

기적은 그때부터 연달아 일어났다. 촬영감독 재령은 유능한 감독이다. 출연했던 작품에 초대받아 한국영화아카데미 졸작 상영회에 갔을 때 마음에 꼭 드는 미장센을 가진작품의 크레딧만 확인하면 그녀의 이름이 나왔다. 그때 촬영한 영화 중 하나로 재령은 부산국제영화제를 다녀왔고 한창 주가를 높이던 중이었다. 나는 꼭 그녀의 눈으로 〈블루박스〉를 담고 싶었다.

영화 같았던 재령 합류 작전에는 그녀와 동문인 예린 누나의 도움이 컸다. 함께 작품 했던 전우애로 예린 누나는 재령에게 간간이 내 소식을 알렸고, 시나리오에 확신이 생겼을 때 누나에게 출사표를 던졌다. 재령을 소개해달라고. 기획안과 탈고된 시나리오를 넘겨주고, 우리는 어느 초록진 여름날 합정 카페에서 만났다. 그녀는 녹록지 않은 예산에도 제안에 응했다. 꿈을 담은 〈블루박스〉를 세상에 보이는 데 힘을 보태고 싶다 말했다. 재령은 인간적이었다. 농담을 좋아하고 움직임마다 묘한 버퍼링이 있었다. 처음 만났음에도 오랜 친구처럼 많이 웃었던 기억이 있다.

기적 둘. 2021년 겨울 서울 일러스트레이션 페어에서 닿은 인연인 RMSID 정주헌 대표님께서 영화에 투자를 제안했다. 어느 크리스마스의 이야기, 〈블루박스〉의 시작이다. 그는 당신의 가족과 함께 어린 딸을 위해 크리스마스를 일러스트 페어에 방문한 참이었다. 같은 공간에서 사람들 캐리커처를 그려주던 나는 크리스마스를 맞아 아이들과 눈이 마주치면 부스로 불러 캐리커처를 선물했다. 때문에 대표님께서 SNS 메시지로 감사 인사를 전했을 때 그날 캐리커

처를 받아간 아이가 많았던 이유로 나는 당신을 기억하는
데조차 애를 먹었다. 어느 날 나는 영화를 찍는 데 드는 비
용을 밝히며 공모에 승리해 투자로 이어지지 않으면 영화
는 찍을 수 없다는, 앓는 소리를 녹인 만화를 업로드했다.

"그 문제라면 제가 해결해 줄 수 있어요."우리는 강남구
청에 있는 탐앤탐스에서 만났다. 대표님은 잠시 시나리오
를 읽어 보시더니 앉은 자리에서 투자를 결정했다. 같이 지
하철역 에스컬레이터로 내려오는 길에, 여전히 의뭉스런
표정을 한 내게 당신은 아이에게 캐리커처를 선물한 일화
를 언급하며, 마음 따뜻한 사람이 잘 됐으면 하는 바람에서
하는 투자로 생각해달라며 미소 지으셨다. 눈시울이 붉어
져 나는 고개를 뒤로 젖혔다.

처음 팀원을 섭외하며 페이 얘기를 꺼냈을 때 이들 중 제
시한 금액을 받겠다고 말한 사람은 아무도 없었다. 그래
도 받을 건 받아야지, 하며 충분한 예산이 준비된 척했지
만 실은 대책 없었다. 나는 늘 대책 없이 일을 벌이고 운으
로 주워 담는다. 다행스럽게도 정주헌 대표님의 투자로 프
로덕션 때 넉넉하진 못해도 그들의 노고에 사례를 치를 수
있었다.

마침내 포스트-프로덕션까지 모두 마쳤다. 음악감독 유담이 형의 소개로 믹싱을 맡아준 대석이 형이 받은 것 이상으로 작업에 힘써줘서 고마웠다. 장진규 작곡가의 곡이 시퀀스 별로 올라갔고 유담이 형이 이를 마무리했다. 열정으로 세운 도미노 앞머리에 모여주었던 사람들이 떠올랐다. 긴 대장정의 끝. 영화는 혼자 찍을 수 없다.

〈블루박스〉가 끝나고 나는 다시 고독으로 돌아왔다. 어쩐지 헛헛한 마음이 들었다. 오래 공허했고 쏟아지는 무력감의 대처법을 몰라 흘려보낸 아까운 시간이 많다. 투자의 책임감으로 영화제 타이틀을 얻는 데 매몰돼 모른 척했지만 〈블루박스〉가 나를 구원했다. 고독에 들어가는 법을 안다면 나오는 법도 알아야 한다. 또 다른 나와 대화하는 편안함에 길들여지면 문 여는 법을 잊는다. 행복은 고독 밖에 있다.

누구보다 행복하고 싶다. 행복은 고독에서 벗어나 사람들 곁에 머무는 것으로 시작한다. 도미노 첫머리를 넘기는 용기로 배운 게 있다면 그것이다.

즐겁다고 느낄 때도

'나는 지금 행복한가?'

생각할 때가 많습니다.

그냥 단순하게 살고 싶어요.

최선의 선택

이자카야에서 서빙을 했던 스물넷. 늦게까지 한 팀밖에 손님이 오지 않아 사장님은 창밖을 오래 내다보았다. 우리 이자카야의 명물은 단연 박제된 복어로 만든 모빌이었다. 사장님은 직접 실을 기워 만든 그것을 테이블 전등마다 걸어두었다. 드라마 〈나의 아저씨〉 속 주점 같은 누런 등이 복어 모빌 아래 손님들을 아늑하게 감쌌고, 안개처럼 흩뿌린 불빛은 30대 중반의 남녀 다섯의 얼굴에 골고루 묻혀 앙리 마티스의 '댄스' 속 사람들처럼 붉게 물들였다. 간간이 들리는 무해한 욕설로 보아 오랜 친구 같았다. 뭐가 그렇게 재밌는지 그들은 손바닥으로 서로를 때리며 웃었고, 눈물이 다 나는지 안경을 벗고 눈가에 휴지를 가져다 대다가 그 꼴을 보며 다시 웃었다. 사장님은 늦게까지 자리를 지킨 그들에게 오늘이 가장 맛있는 석화를 아낌없이 선물했고 나는 그 접시를 나르며 그들 음성을 수집했다. 복어 모빌은 아주 천천히 돌아갔다.

친구들은 나를 알코올 쓰레기라 부른다. 몸이 알코올에 가성비가 좋아 일찍 취하는 탓이다. 하지만 정작 나는 우리

의 술자리를 또렷하게 기억하고 있어 웃긴 노릇이다. 고등
학교를 갓 졸업했을 때만 해도 내가 술에 취한 그들을 챙겼
다. 우리는 언제나 취할 때까지 마셨다. 본격적인 재미는
어느 하나가 정신을 놓아야 시작됐다. 직립보행을 해봤냐
며 진지한 얼굴로 이해할 수 없는 말을 내뱉고, 서열을 매
기려 안주 없이 술만 입에 붓는 배틀을 벌이는 게 술자리의
별미였다. 나는 그것을 모두 기억해 다음 날 너희가 그랬
어, 하고 머릿속 캠코더를 재생시키는 유형의 친구였다. 때
문에 술에 관련된 기억의 대부분은 연기를 시작하기 전의
일이다.

제대를 하고 곧바로 패션모델을 했다. 복학해서 컴퓨터
공부를 해야 했지만 감정을 표현하는 직업에 매료된 나머
지 미룰 수밖에 없었다. 컴퓨터 교수인 아빠가 그려준 안정
적인 로드맵을 벗어나 가능성이 조금도 없어 보이는 산업
군으로 발을 들인 건 친, 외가를 통틀어 가족 전체가 놀랄
만한 결정이었다. 저, 잘 해나가고 있어요. 증명을 위해서
는 스스로 포기할 게 많았다.

내게는 일찍이 배우의 길로 뛰어든 사촌 누나가 있다. 그
래서 순수하게 사랑하지 못할 거라면 하고 싶은 일을 직업

삼지 않는 게 유리할 거라는 걸 알았다. 수능을 말아먹어 원하는 대학과 국문학 전공을 선택하지 못해 나는 재수를 생각했다. 하지만 원하는 대학에 가지 못한 슬픔으로 복잡한 얼굴의 열아홉 청춘들 사이에서 나는 애처럼 밝았다. 수능 직후 오랜 시간 짝사랑했던 친구와 운명적인 연애가 시작됐으니 얼굴 가득 드러난 기쁨을 지우기 힘들었다.

아빠는 말했다. 연애 중에 재수학원에 보낼 수 없다. 속상해 말아라. 당장은 결과가 아쉬워도 원하는 공부를 하려거든 나중에 대학원에 가면 된다. 감히 이별을 상상할 수 없던 나는 대학에 가서 지루한 컴퓨터 수업을 견디며 행복한 시간을 보냈다.

전부를 쏟아야 할 순간마다 나는 멀티가 어렵다. 그래서 하나를 택하면 하나를 포기한다. 나는 하고 싶은 일을 도전하는 대신 연애를 택했다. 1학년 1학기 차석 장학생은 2학기부터 추락했다. 추락할수록 보상심리로 나는 더 열렬히 행복해지기를 원했다. 연애는 행복했지만 포기한 것에 대한 허기로 마음이 헛헛했다. 그 사이 게임이 새롭게 일상에 치고 들어왔다. 게임, 리그 오브 레전드와 연애는 양립할 수 없어 역시 종국에는 둘 중 하나를 선택해야 했다. 나는 연애를 선택했고 충실히 연애하다 군대에 들어갔다. 연기를 만났다. 다시 또 찾아온 양자택일의 순간, 연기를 선택하고 연애를 저버린 벌칙으로 스스로 사람을 멀리하는 징역을 살았다. 연기를 배우는 건 행복했지만 친구들과 나눈 어리석음과 해괴한 웃음소리는 잊기 어려웠다.

패션모델로 매주 사진을 찍고 연기학원에 가고 아르바이트를 하는 시간 외 바깥에 나가지 않았다. 선택은 그것에 사활을 걸겠다는 결의가 내포되어 있어야 한다. 하나를 취하면 하나를 잃는다. 이분법적 사고를 늘 경계하려 하지만 중요한 상황에 직면하면 오직 한 곳만을 향한다.

연애하는 인간을 지우고 연기하는 인간으로 변모하기 위해서는 프랑켄슈타인 박사가 프랑켄슈타인을 만드는 것처럼 전신 개조가 필요했다. 대화할 때 눈 까는 습관을 버리고, 어눌한 말버릇을 고치고, 어색하게 웃지 않도록 새로 배워야 했다. 책을 읽고 개념을 외운다고 잘할 수 있는 게 아니어서 일상에서 연습해야 했다. 의도된 습관이 진짜 습관으로 자리 잡을 때까지 시달렸고, 행복을 꿈꾸기 위해 파멸의 길을 택한 프랑켄슈타인처럼 합리화로 나를 지워갔다. 가장 먼저 연인을 그다음으로 친구를, 마지막으로 여유를 지웠고 그제야 만족할 만한 모양이 되어 연기를 했다.

나는 지금 옅은 흔적과 눌린 자국을 추적해 잃어버린 이미지를 새로 그리는 연습 중이다. 연기는 혼자 있을 때보다 사람들과 함께 있는 지금이 더 낫다. 순수하게 사랑하지 못할 거라면 직업 삼지 않는 게 유리하다. 효율적인 것은 나를 병들게 한다. 진정 나를 위한 최선의 선택은 하나에 매몰되지 않는 것. 이제는 안다.

모두들 저 보고 다 컸다고 하는데

저는 점점 작아지는 기분입니다.

예전엔 하늘에 별이 참 많았던 것 같은데,

별도 다 어른이 되어버린 건지

요즘은 잘 보이지 않더라고요.

산다는 건 다 이런 거겠죠?

아이처럼 살고 싶어 놀이터에 갔습니다

아이들의 얼굴에는 언젠가 강물에 흘려보낸 나의 얼굴이 묻어 있다. 6년째 살고 있는 아파트 옆에는 수녀원에서 운영하는 유치원이 있다. 약속을 갈 때나 미팅이 있을 때, 수업을 갈 때나 서울을 벗어나 경기 외곽으로 차를 몰 때 전부 그 앞을 지난다. 타이밍이 맞으면 횡단보도를 건너는 아이들을 볼 수 있다. 앳된 얼굴의 인솔자 선생님을 따라서, 아이들은 줄줄이 저들 몸통만 한 팔을 하늘로 쭉 뻗고 걷는다. 그들은 각자가 우후죽순 뻗친 나뭇가지처럼 다른 생각을 갖고 있어 보인다. 사람은 각자 저마다의 소우주를 품고 산다. 하지만 도무지 알 수 없는 어른의 표정과 달리 아이들의 표정은 명확하다. 생생한 감정을 느낀 대로 얼굴에 담고는, 언제 그랬냐는 듯 얄밉게 표정을 바꾼다.

그들 곁에 머무르면 잃어버린 내 것을 찾을 수 있을까. 나는 아이의 얼굴을 갖고 싶다. 연기를 공부하는 축복으로 매일같이 감정을 표현하는 법을 연습해도 내 얼굴은 오래 건조된 지점토처럼 푸석하다. 없는 것을 탐하는 것은 늘 모방으로 시작한다. 자연스러운 사람이 못 되기에 자연스러움을 따라하며 허덕였다.

어느 날 영화를 보다가 나는 포기선언을 했다. 연구해야할 대상은 영화가 아닌 아이들에게 있었다.

1회독을 끝낸 영화와 책의 제목을 강박적으로 기록하는 습관이 있다. 매년 같은 브랜드의 다이어리를 색깔만 다르게 구매해 사용하고 있는데, 맨 앞장마다 지저분한 손글씨로 날짜와 제목, 저자 정보를 적어둔다. 영화 속 배우들은 호연으로 '그래 저게 연기지' 카타르시스를 주는 동시에 '그래 저게 (너는 절대 가닿지 못할) 연기지' 하는 상대적 박탈감을 함께 선사한다. 그런 연기를 볼 때마다 영화 제목을 가둬놓는 동그라미를 그렸다. 책 제목 옆에 친 동그라미도 같은 이유다. 나이가 들수록 질투할 대상이 늘어난다.

다이어리는 수많은 동그라미의 집합이다. 좌절과 수용의 동그라미. 좋아하는 일을 직업 삼으려면 자리 잡을 때까지 그것을 맘 놓고 좋아할 수가 없다. 나는 영화가 좋아서 영화를 박탈당했다. 영화를 감상할 때 나의 자격지심을 함께 감상한다. 영화에 담긴 메시지와 스토리, 인물과 미장센은 또한 내 것이어야만 했다. 영화는 더 이상 현실을 잊게 해주는 안전한 공간이 될 수 없었다. 그래서 놀이터에 갔다.

나는 놀이터 한가운데 서 있었다. 현실에 존재하는 가장 이질적인 공간, 도심 곳곳에 솟은 디즈니 성. 컴퍼스로 그은 듯한 둥근 울타리 안으로 놀이기구를 지배하는 아이들이 벽돌색 우레탄 바닥 위를 표표히 뛰어다녔다. 나는 그들의 놀이를 지켜봤다. 밤하늘을 수놓은 폭죽처럼 연달아 터지는 아이들의 웃음에 멀찍이 떨어져 앉은 나도 웃는 연습을 했다. 내 어색한 미소에 호기심을 느낀 아이 몇몇이 다가와 말을 걸었다. 무릎과 발목 사이가 애매하게 드러난 바지를 입은 여자아이와 개구리 울음주머니처럼 배가 불룩한 남자아이가 못마땅한 듯 나를 노려보았다. 나는 아이들과 좀처럼 오랫동안 눈을 맞출 수 없다. 분명 내게도 같은 얼굴이 있었을 텐데 죄라도 지은 사람처럼 눈을 내리깔았다.

"여기서 뭐해요?" 여자아이가 물었다. 그 질문으로 단번에 나와 아이들은 같은 공간에 있지만 서로의 세계가 엄격히 구분되어 있음을 느꼈다.

"놀이터에 있지." 이 말에 아이들이 까르르 웃었다.

"아저씨 이상한 사람 같아요." 하고 여자아이가 괴성을 지르며 그네 타는 아이들을 향해 달려갔다. 배가 불룩한 남자아이는 그대로 서서 나를 쳐다보고 있다. 연푸른색 동그란 안경을 쓰고 있는 배가 불룩한 남자아이는 이 상황이 썩

탐탁지 않은 듯 입술을 튕겼다. 찰나였지만 그 아이에게서 어렸을 적 내 모습을 보았다.

"여긴 형이 낄 자리가 아니야. 나가줬으면 좋겠어."

아이는 인상을 찌푸리고 있었지만 금방이라도 터져버릴 것 같은 웃음을 참는 것처럼 보였다.

놀이터에서 쫓겨나 어디에도 소속되지 못한 나는 한동안 주위를 배회했다. 그리고 순응했다. 할 수 있는 건 놀이터에서 뛰노는 아이들을 바라보며 어린 시절을 떠올리는 것. 그들과 나의 세계는 다르고 나는 인정해야 한다.

어린이와 나 사이의 엄격한 구분처럼, 배우로서 그 자연스러움을 갖고 싶다 하더라도 흉내 내기일 뿐 가질 수는 없다. 영화가 현실 바깥에 있다면 아이들은 현실 안쪽에 있고 나는 그 사이 어딘가를 둥둥 표류한다. 결혼해서 아이를 낳는 건 영원히 닿지 못하는 어린 시절을 다시 한번 품고 싶은 발버둥이 아닐까. 놀이터는 더 이상 가지 않는다.

저는 빨리 타오르고 금방 지칩니다.

마지막에 가서 하던 일을 포기해요.

이런 일이 반복되는 게

저에게 좋지 않다는 걸 알지만

어떻게 해야 이 악순환을 끊을 수 있을지

모르겠습니다.

막상 하고 싶은 게 생긴다 해도,

금방 몸이 피곤해지고 지쳐서 포기합니다.

제가 너무 실패한 사람 같아요.

남들은 다 열심히 잘 살고 있는 것 같은데...

저 이대로 괜찮을까요?

100년짜리 나무와 씨름하는 나무꾼

1.

하나에 집중할 수 있는 사람이 부럽다.

나는 하나를 보고 걷지만

하나만 할 수 있는 사람이 아니라서

늘 멀리 돌아간다.

2.

"이런 상업 오디션 기회는 흔치 않아 무조건 잡아야 해.
경험도 연습도 좋지만 몇 달간 이번 오디션에 올인하자."
연기 레슨을 도맡은 선배가 말했다.

우후죽순 돋아난 가지가 아름다울 수 있을까. 아는 만큼
보인다는 어른들 말씀이 맞았다. 처음 영상에 출연할 때 나
는 온전히 느끼지도 못하면서 느끼는 척 연기했다. 연기를
한 게 아니라 꿈을 꾼 것이다. 벌벌 떨며 연기를 죽 쒔지만
끝까지 놓지 못했다. 하지만 이제는 안다. 나는 전과 같은
꿈을 꾸지 않는다. 등줄기를 따라 한 줄기 나뭇가지가 자랐
다. 매일같이 성장통을 느끼는 부근이다.

가지를 뻗을수록 삶은 확장된다. 선택은 두 가지다. 높이냐 폭이냐. 촬영이 있었다. 나는 배우지만 이따금 내가 배우인가 스스로 묻는 날이 많다. 걸쳐놓은 다리가 많아 누군가는 뭐 하는 놈이지 싶겠지만 늘 지향하는 곳은 하나라 답답하다. 영화배우. 하지만 나는 왜 스스로 배우라 소개하지 못하는가. 제대로 경험하지 못한 아쉬움 때문이다. 직업 배우의 역할에 대해, 그들의 완성도와 영화산업 전반에 대해. 나는 아직도 모른다. 알아야 할 것투성이지만 나는 자꾸 딴 길로 샌다. 응축한 힘을 하나로 모아 위로 줄기를 뻗어내야 하는데 자꾸만 옆으로 잔가지가 돋는다.

세피아색 부드러운 나무줄기는 시간이 흘러 억센 진갈색으로 변한다. 마침내 구름을 뚫고 첫 가지를 길게 뻗었을 때 나는 연기를 한 번 멈췄다. 오디션 지원하길 그만두고 나이에 걸맞은 사람이 되기 위해 노력했다. 카페를 차렸고, 주식을 배웠고, 퇴근하면 친구들을 만나 술자리를 가졌다. 웃는 법과 어울려 노는 법을 다시 배웠다. 매일이 긴장 풀린 몽롱한 나날의 연속이었다. 시간은 전보다 빠르게 흘렀다.

꿈을 버린 지 5개월째 되는 날 뭔가에 홀린 듯 오디션에 지원했다. 1차 서류에 붙었으니 대면 오디션을 보라는 연락이 왔고, 지정 대사가 있었으나 외우지 않았다. 완전 망치고 돌아왔다. 얼마 후 합격했다는 메시지를 받았는데 논리에 맞지 않았다. 촬영을 하면서도 의문이었다. 노력하지 않은 내게 생긴 우연한 기회에 대하여. 지난날의 내가 그랬듯 밤잠을 설치며 오디션을 준비한 누군가를 대신해 얻은 자리였다. 영화의 감독이었던 정효는 나와 동갑이었다. 촬영하고 훨씬 지나 그에게 문자했다.

'왜 나를 뽑았어?'

정효가 말했다.

'네가 서 있을 때 외로운 느낌을 잘 살릴 수 있을 것 같아서. 내가 생각한 풀샷에 네가 가장 잘 어울렸거든.'

중요한 건 높이의 싸움만이 아니다. 폭과 깊이. 무늬의 문양. 가치는 하나에 머무르지 않는다. 나무는 스스로 자라지 못한다. 먹구름에 느닷없이 뿌려대는 비를 맞는 날도, 예고 없이 타인에 벌목 당해 밑동을 제외한 모든 걸 도둑맞는 날도 있다. 나무가 스스로 원하는 크기에 이르기까지는 오랜 시간이 필요하다. 어디로든 가지를 뻗는 일은 스스로 다룰 수 있는 유일한 일이다. 한 공간을 지키며 묵묵히 제할 일을 하는 것. 그렇게 가지를 뻗고 뿌리 내리다 보면 당신의 오롯한 빛깔에 관심을 갖는 사람들이 나타난다. 나뭇가지 끝에서 환한 연둣빛 싹이 트는 순간이다.

또 하나의 촬영이 끝났다. 나무는 잘 자란다. 최근 단편영화 촬영에 부름을 많이 받았다. 선배는 곧 있을 상업 오디션에 집중해줬으면 했지만 머리는 선배님 생각이 맞지요, 끄덕이면서도 마음은 단편 현장을 놓지 못한다. 나의 출연을 허락하는 건 모두 제작비가 낮은 단편 영화. 항상 나를 대변해 현실적인 걱정을 해주는 사람들에게 감사하다. 그들의 말이 맞다. 경외하는 배우를 직업으로 살기 위해서는 결국 상업 영화와 드라마에 안착해야 한다. 단편 현장에서 나는 배우라 불리지만 스스로의 위치를 알기에 마음이 늘 헛헛하다.

6년 차 배우고시생. 상업 오디션을 앞둔 나는 여전히 글을 쓰고 그림을 그린다. 그리고 단편 영화를 찍는다. 언제나 문제는 선택이다. 높이냐 폭이냐. 홈런과 안타를 놓고, 어깨엔 항상 책임을 무겁게 얹고 있다. 나는 그 무게를 늘 느끼고 산다. 모르지 않는다.

3.

주절주절주절

해내지 못할 이유가 너무 많다.

사람들은 맨손으로 성을 쌓던 때는 지났다며 포클레인으로 모래를 파 올리는 강의를 찾아 듣는다.

굳은살 박인 손으로

모래를 퍼 나르는 내가 밉다.

4.

나의 문장이 향하는 곳이 버텨내는 삶이 아닌 고요 속의 일상이기를 바란다. 나무꾼의 책임은 그가 쓰러뜨린 나무 면적의 총합과 같다. 쩍 갈라진 나무는 밑동을 남기고 사라지겠지만 커다란 나무 그늘에 가렸던 근처의 풀잎들은 기억할 것이다.

하루는 그런 생각을 했다. 나는 진녹색 우거진 풀숲에서 도끼질 하는 숙련된 나무꾼이고, 눈앞에는 100년 묵은 고목나무가 있다.

'저놈. 내일은 기필코 베고야 말리라.'

100일 동안 공들여 도끼질해야 넘길 수 있는 100년 묵은 고목나무. 그것은 금방 기울지 않는다. 수천 번을 베야 겨우 작은 흠집 하나 나려나. 그래서 가끔은 그 나무줄기에 몸을 뉘어 낮잠을 자기도 하고 주변 얇은 나무를 정리하며 긴 싸움을 준비한다.

어떤 시인의 말이 생각난다. 그녀에게는 다시는 시를 쓰지 않으려 맘먹은 날들이 많았다. 현실적인 문제에 부닥치며, 등단을 하고도 알바를 하며 생활했단다. 하지만 시는 옷깃에 묻은 먼지처럼 쉽게 털 수 있는 게 아니어서, 어느새 다시 제자리로 돌아와 시를 쓴다고 했다.

인생을 꾹 눌러 담은 시. 나는 오늘도 도끼를 지고 100년 묵은 고목나무 곁을 맴돈다.

네 발 강아지 테디

테디는 세 발로 걷는다. 네 발로 걷지만 두 살 때 홀로 사고를 겪은 이후 다리를 절어 꼭 세 발로 걷는 것처럼 보인다. 그날은 가족 여행이 있었다. 우리는 집 앞 동물병원 원장에게 테디를 맡기고 떠났다.

첫날 강아지 호텔 안에서는 테디를 위한 친구들의 환영식이 있었나 보다. 서로에게 장난이 과했고 테디는 움직임이 줄었다. 동물병원 원장은 테디가 가끔 절뚝거리자 슬개골 탈구를 의심했다. 그는 뼈를 맞추려 시도했다. 응급처치는 실패했다. 테디는 앞다리에 영구적인 손상을 입었고 그는 테디가 앞으로 쭉 다리를 절 거라는 사실을 숨겼다.

아빠는 여행에서 돌아와 제일 먼저 테디를 찾으러 갔다. 테디가 한쪽 발을 접어 들고 반가움에 낑낑거리며 세 발로 절뚝이며 걸어 나왔다. 동물병원 원장은 테디의 MRI 시트를 여러 장 내밀며 아이가 절뚝거려 응급처치를 했다고 말했다. 테디는 아무런 말이 없었다. MRI 수십 장을 찍었지만 몇 장 값만 청구하겠다며, 테디의 경우 수술 완치율이 20%

안쪽이기에 고민해보라고 덧붙였다.

반려동물 신체에 문제가 생길 수 있는 진료를 하기 전에는 필히 보호자의 사전 동의를 받아야 한다. 그 누구도 본인 모르게 진행된 반려동물 응급조치를 여행이 끝난 후에 보고 받길 원하지 않는다. 우리는 사과를 요구했다. 그는 요점을 피했고 상황은 과열됐다. 그는 영업방해로 신고하겠다 말하며 핸드폰을 흔들었다. 끝내 사과는 없었다. 아빠는 생애 처음으로 소송을 준비했지만 인내를 택했다. 현재 중대진료 전 설명 미 이행 과태료는 30만 원이다.

강아지의 행복에 장애는 영향을 주지 않는다고 한다. 강형욱 조련사가 유튜브에서 그랬다. 테디는 잘 지낸다. 산책길에 용변을 보고 그것을 치우려는 듯 흙바닥에서 발길질을 해대 우리를 곤욕스럽게 만든다. 조금 느리지만 저는 발을 지팡이 삼아 네 다리로 걸어 다니고, 현관문 벨을 누르지 않아도 귀신같이 알고 달려 나와 큼지막한 귀를 펄럭거리며 가족을 반긴다. 가끔 테디는 소파에 누운 내 주변을 알짱거리다 겨드랑이 속으로 파고든다. 그리고 내 어깨 맡에 제 턱을 괴고 눈을 맞춘다. 네모난 검은 코에 작은 갈색 점이 보인다. 나는 테디의 코를 아주 사랑한다. 언제든 그를 안고 긴 시간 함께 잔다.

어느 날 감독을 준비하는 친구 재오가 제 영화에 테디를 출연시키고 싶다 말했다. 지면 광고로 종종 등장하는 스타 가족의 강아지들이 떠올랐다. 테디는 다리가 불편한데 괜찮겠느냐 물었다. 재오는 오히려 좋다고 말했다. 그 후로 나는 재오와 연락을 이어갈 수 없었다.

우리 가족은 테디가 세 발로 걷든 네 발로 걷든 모르고 살지만 어쩐지 남에게 세 발로 걷는다는 사실을 확인받는 게 늘 어렵다. 가족의 장애는 타인의 발견으로 인식된다. 테디는 한쪽 발을 딛기 어려워하지만 네 발로 걷는 강아지만큼 잘 다닌다.

다리가 아픈가 봐. 세 발로 걷네. 불쌍해라. 가엾어라. 그래도 잘 다니네.

산책할 때 세 발로 걷는 테디를 보며 사람들은 이웃에게 인사하듯 한 마디씩 꺼낸다. 측은한 표정으로 답변을 기다리는 그들을 모진 사람처럼 무시하고 싶다. 우리 가족의 자격지심이다. 그들의 순수한 언어는 가볍게 날아들지만 습기처럼 꿉꿉하게 피부에 달라붙어 도통 떨어지지 않는다.

누군가는 다리를 절게 된 이유를 묻고, 누군가는 그럼에도 수술하지 않는 이유를 묻는다. 나는 잘 웃어넘기지만 아빠는 늘 상세히 답한다. 호텔링 맡긴 강아지가 절게 된 그날의 당혹감부터 저열했던 원장의 태도까지. 다리는 절지만 우리 가족이 얼마나 테디를 아끼고 사랑하는지 말한다. 사실 사람들은 그만한 정보 값을 기대하지 않았다. 질문자가 어색한 미소와 함께 떠나고 한참이 지나도 아버지 얼굴에 오른 홍조가 가시질 않는다. 대부분 남겨진 사람들이 슬픔을 지닌다.

아침에 내린 폭우로 새벽은 스산했다. 귀를 찌르는 비명 소리에 번쩍 정신이 들었다. 테디가 침대에 오르다 발을 헛디뎌 뒷다리 슬개가 빠져버린 것이다. 테디가 찢어지는 신음을 토하며 울었다. 아빠가 테디를 안았다. 테디는 고통을 견딜 무언가 필요했고 때마침 눈앞에 보이는 아빠의 엄지를 깨물었다. 동물병원 의료진은 친절했고 신속했다. 단순 탈구라 며칠 쉬면 걸을 수 있었다. 틀어진 슬개 뼈를 맞추고 테디는 지쳤는지 금방 잠들었다. 아빠는 진료가 끝날 때까지 상처를 내색하지 않았다. 아빠 엄지손톱 가장자리를 뚫은 이빨만한 크기의 구멍을 발견한 건 테디가 진료 받고 나서의 일이다.

테디는 금방 기운을 되찾았다. 부기가 빠지는 몇 주 동안 누워 지냈지만 지금은 다행히 세 발로 잘만 걷는다. 그날 이후 도톰한 고무매트가 우리 집 바닥 전체를 덮었다. 한동안 불안이 집안에 머물렀지만 지내다 보니 무뎌졌다.

우리 가족은 테디에게 사랑한다, 고맙다, 라는 말을 자주 한다. 테디는 그 말을 알아듣는다. 손, 하면 손을 내밀고 뽀뽀, 하면 주둥이를 내밀어 입을 핥고 간식 먹자, 하면 기립해서 사파리 차량 운전석에 달라붙은 곰처럼 두 뒷다리로 뒤뚱뒤뚱 걷는다.

테디야 사랑해, 하면 테디는 가만히 본다. 테디야 고마워, 하면 테디가 가만히 눈을 맞춘다.

테디가 이외의 말들은 잘 알아듣지 못했으면 좋겠다.

사연

우리 가족은 짜증이 아주 많습니다.

대화를 나누다가도 배려 없이 말을 뱉어요.

역지사지는 바라지도 않지만,

일상적인 대화 속 말이라도

조금 고민해보고 뱉을 수 있다면

좋을 것 같습니다.

더 소중히 하고 조심해야 하는 존재가

가족이잖아요.

어떻게 하면 좋을까요?

표현을 안 하는 것과 못 하는 건 달라요

오디션에 합격했다. 유후. 인물을 연기할 수 있게 허락받는 다면 그다음 하는 일은 다음과 같다. 적확한 감정을 표현하기 위해 인물을 분석하고 연대기를 써 내려가는 것. 연기는 철저히 분석하고 준비해서, 평행세계 속 어딘가 살고 있는 나와 같은 얼굴의 피터팬을 끄집어내는 일이다. 그는 어린아이처럼 말랑말랑한 감정을 갖고 있다. 때문에 우리는 늘 진심으로 반응하는 훈련을 한다. 답답하면 가슴 치며 성내고 실망하면 서운함에 눈물 흘리는 모습들이 자연스럽게 나올 때까지. 영화를 볼 때 소심한 인물을 기대하는 관객은 없다.

잘 훈련된 배우는 오랜 훈련으로 적확한 감정을 연기한다. 그는 대부분의 사람이 현실 세계에서 억누르고 사는 감정표현으로 카타르시스를 선물하고 박수받는다. 감정은 넘치면 부담스럽고 충분하지 못하면 지루하다. 그래서 우리는 절규하고 악 지르고 무너지는 법을 배운 뒤 그것을 깎아 감정을 만든다. 자코메티가 긴 조상(彫像)에서 점토를 최대한 비워 만드는 방식과 같다. 감정을 분출할 수 있을 정도의 크기를 경험해야 다듬을 감정도 있다.

순수한 감정을 다루는 게 연기가 어렵고도 재밌는 이유 겠지만 어렸을 때부터 내성적이었던 나는 연기의 첫 번째 조건, 감정을 분출하는 것부터가 참 어렵다. 살면서 제대로 된 화를 내본 적이 있어야지. 그래서 대부분의 입문 연기 반은 나처럼 감정표현에 서투른 배우지망생을 위해 극적인 장면 연기를 과제로 내준다.

상황 하나. 헤어지고 이별을 받아들이지 못하는 남자가 애인의 집 앞으로 찾아가 울고불고 매달린다.

상황 둘. 남자는 애인이 다른 남자와 몰래 시간을 보낸 다는 걸 우연히 알게 된다. 추궁을 하면서도 헤어지기 싫은 남자와 헤어지고 싶지만 나쁜 사람이 되고 싶지 않은 여자 가 도로 한복판에서 싸운다.

상황 셋. 조직 생활을 하는 남자. 조직은 점점 남자에게 무리한 요구를 하고 남자가 거부하자 남자의 애인을 제거 한다. 남자는 절규한다.

과제 속 상황은 대부분 이런 식이다. 내성적인 나는 한 주 간격으로 저 드라마틱한 남자들을 연기해야 한다. 발표 날 나는 사람들이 보는 앞에서 멍청한 표정으로 과장된 분 노와 사랑과 슬픔을 내지른다. 스스로 분석한 상황을 믿고

내지르지만 자꾸만 다른 수강생들의 난감한 표정이 보인다. 에너지 레벨이 높은 감정을 표현한 적도, 겪어본 적도 없이 자란 사람이라 다시 처음으로 돌아가 제대로 연기를 배우며 긴 방황을 했다.

나를 포함한 대부분의 한국인은 표현에 서투르다. 밉보일까 봐, 그러면 안 될 것 같아서, 혼자 이상한 사람이 될까 봐 차라리 참는 선택을 한다. 수많은 한국인 배우지망생이 혼란스러운 이유다. (배우는 발연기를 할 때 스스로 알고 있다. 하지만 영상 연기는 편집의 예술인지라 끊지 않고 끝까지 연기를 하는 게 관행이다. 주변 지인의 연습 영상 속 발연기를 목격한다면 못 본 척, 묵묵히 응원해줬으면 한다. 따뜻한 위로는 그에게 큰 힘이 된다.) 선생님과 선배들의 조언은 같다. 더 많이 경험하고 사랑하고 표현하라. 작업실에서 글쓰기 강의를 하며 학인들에게 끝으로 전하는 말과 같다. 삶을 더 많이 경험하고 사랑하고 표현하라.

나는 오랜 시간 회피형 인간이었다. 서운해도 서운하다 말 못 하고, 부딪칠 용기가 없어 싸울 것 같으면 가젤처럼 지그재그로 상황을 피해 달아났다. 만나기만 하면 싸우던 연인이 있었다. 일찍이 사랑만으로 상대를 바꿀 수 없다는 걸 안 우리는 상대를 포기하기 싫어 아파했다. 도무지 가까워질 수 없는 다름은 서로에게 스트레스였다. 상대에 대한 존중으로 서운한 마음을 숨겼지만 종국에 남은 선택은 두 가지였다. 다름을 인정하고 내가 감내하느냐, 다름을 인정하고 네가 감내하느냐. 존중으로 밑칠한 캔버스에 너와 나의 색상이 공존하려면 서로를 받아들이려는 태도가 필요하다. 대화는 그것을 가능하게 만든다.

그녀는 사랑해서 서운했던 사람이었다. 나는 사랑에 지쳐 관계를 끝내길 원했고, 그녀는 사랑이니까 싸워서라도 맞춰야 한다며 붙잡았다. 우리 연애는 늘 도망치는 남자와 쫓아오는 여자가 있었는데 한 번은 종로 5가 도로변에서 말다툼이 번졌다. 나는 잘 지내라 말하고 횡단보도를 건넜다. 그녀가 외쳤다. 너 진짜 가는 거야? 사랑하잖아, 아직. 어느새 달려온 그녀가 내 손을 낚아챘다. 그녀가 울고 있었다. 눈물은 전염된다고, 속상한 나도 함께 울었다. 모세의 기적처럼 우리는 거대한 암초가 되어 인파를 갈랐다. 수십 년 만에 수문을 개방한 댐처럼 우리는 한참을 울었고 또 한 번의 위기를 흘려보냈다. 집에 바래다주는 길, 그녀가 말했다.

"언젠가 나한테 고마워할 날이 올 거야." 나는 진저리쳤지만, 그 말은 진짜였다.

 항상 입을 꿍하게 다문 하마와 끝까지 벌려 입술이 찢어져 본 하마가 악어를 만났다. 입을 꿍하게 다문 하마는 부리나케 도망쳤지만 입술이 찢어져 본 하마는 악어에 도망치지 않았다. 표현을 할 수 없는 사람과 표현을 할 수 있는 사람이 있다. 삶은 확장할수록 풍부해지고 예술과 삶은 닿아 있다. 입을 끝까지 벌려 입술이 찢어져 본 하마가 되어 연기를 하면, 연기가 느는 것 같은 기분이 든다. 표현할 수 있는 만큼 우리 삶이 확장되리라 믿는다.

 연기는 매번 입을 찢는 하마가 되길 요구한다. 매번 연습으로 입을 찢는 건 힘들지만 해낼수록 삶을 강하게 느낀다. 많이 표현해본 사람만이 상황에 따른 적절한 표현의 가짓수를 늘릴 수 있다. 표현이 어렵다면 당신은 입을 꿍하게 다문 하마다. 어렵더라도 입을 크게 벌려 표현하길 바란다. 밑져야 본전 아닌가.

공감

비공개 글만 쓰는 작가가 있었다
나는 그 사람이 도무지 이해가지 않았다
글을 쓴 시간이 제법 지났다
이제는 그 사람을 이해한다

2부

동굴 밖으로

다음 주는 시간이 안 돼서 어쩌죠. 주말에 커피 한 잔 어떠냐는 비비의 물음에 디디는 그렇게 대꾸했다. 무릎을 툭 치면 튀어나가는 정강이처럼 반사적으로 튀어나온 대답이다. 비비가 다리를 반대로 꼬았다. 디디는 월요일에 있을 중요한 학회를 준비해야 한다고 덧붙였다. 비비는 자신도 주말에 할 일이 있어 괜찮다고 말했다. 디디는 비비가 하필 그 타이밍에 다리를 꼰 게 신경 쓰였다. 그럼 일정 보고 연락 주세요. 저는 다음 주 월요일 늦게도 시간 괜찮아요. 그 이상은 너무 늦어요. 아쉽다는 듯 여운을 남기며 비비가 말했다. 디디는 비비의 마지막 말에 두 사람 관계의 향방이 디디의 손에 달렸음을 직감했다.

그날 저녁 디디는 테디와 산책을 나갔다. 디디는 매일같이 강아지 산책을 했다. 그것은 깰 수 없는 약속과 다름없었다. 토요일 오후. 바닥에 닿은 햇살이 슬슬 노랗게 올라올 무렵 집 앞 카페로 나갔다. 이것저것 검색하고 답장하느라 커피 한 잔만큼의 시간을 쓰고, 두세 번째 커피를 마시는 동안 학회를 준비를 끝냈다. 저녁에 논현동에서 친구들과 술 약속이 있었다. 디디는 예약해둔 이자카야에 조금 늦게 도착했다. 친구들은 디디를 신기한 듯 쳐다봤다.

"이제 바쁜 것 좀 지나갔나 봐?"

"여전해. 월요일에 중요한 학회가 있어. 오늘도 겨우 나왔다."

형우가 고개를 끄덕였다.

"연애는?"

형우 옆자리에 앉은 민수가 물었다.

"안 한 지 오래지."

"친구야 사랑해라. 시간 금방이다. 청춘 다 썩힐 거야? 꿈도 좋지만 그 나이 때 즐길 수 있는 건 지나면 끝이라고."

"연애 시작하는 방법을 까먹은 것 같아. 너희는 다 연애해?"

"헤어졌다 만나고 또 헤어졌다가 다른 사람 만나고. 다 똑같지 않겠냐."

"나는 다른데."

과거 지나간 어느 구간을 떠올리려 애쓰는 사람처럼 생

각에 빠져 있던 기창이 끼어들었다.

"나도 연애 쉰 지 오래됐잖아. 다가오는 사람들이야 있지. 만나볼까 하는 사람도 있지만 엄두가 안 나. 출발부터 마지막 노선을 밟기까지 단계들이 저절로 머릿속에 그려져. 서로에 대한 기대를 낮춰가는 과정들. 장기연애를 위한 필연적인 요소들. 이를테면 서로를 알아가는 과정, 그 후 잠깐의 사랑, 다툼, 그리고 헤어짐. 이제 설렘이 그립기보다는 더 이상 감정 소모하기 싫다."

"재는 2년 사귄 애랑 헤어진 지 얼마 안 됐잖아. 마음 정리가 안 된 거지."

"그럴지도. 근데 나는 이제 사랑을 알겠어. 그래서 만나지 못 하겠어."

"사랑이 두렵니?"

디디가 물었다.

"감정 소모하고 탈진한 상태의 나. 그때의 내 모습을 더는 마주하고 싶지 않아. 사랑은 나를 휘발시켜. 연애하지 않는 게 청춘을 썩힌다? 인정. 연애할 시간에 다른 생산적인 걸 더 할 수 있다? 아닌 거 인정. 어쩌면 네 말대로 두려움일 수도 있겠다."

"디디는 너랑 다를 텐데. 쟤는 항상 바쁘니까."

"맞았어, 사람은 다 다르니까. 하지만 사랑 다 비슷해. 저 녀석도 365일 일만 하는 건 아니야. 목표치에 근사하기까지 마음의 여유가 없는 거지. 내 말 맞아?"

디디가 끄덕였다. 방금 전까지만 해도 시끌시끌하던 술집은 시간이 멈춘 듯 고요했다. 기창은 곧바로 말을 잇길 주저했다. 어떤 걸 밝혀도 어색하지 않을 친구들이라지만 감정에 대한 고백은 사람을 부끄럼쟁이로 만든다. 거대한 담론을 공개하려는 발표자처럼 내뱉을 말들을 되뇌는 듯했다.

"사랑할 때의 나는 사랑하는 내 모습을 사랑하는 것 같아. 이기적이지만 가끔은 정말 그런 생각이 들어. 연인과 손을 잡는 나, 연인의 작은 귀에 사랑을 속삭이는 나, 연인을 끌어안고 밤을 덥히는 체온으로 행복에 젖은 나. 하지만 갖가지 이유로 당장 매일 아침 물 한 잔 마시는 것도 힘에 부칠 때가 있잖아. 사랑에 최선을 다할 수 없는 내 모습이 더 이상 사랑스럽지 않다면, 연애를 시작해야 하는 이유가 있을까."

"정확히 같은 마음이야."

디디는 얇게 썰린 무생채 위에 한 점 남은 두툼한 광어회를 보고 있었다. 기창이 말한 사랑론은 연인뿐 아니라 타인 전체에 닿아 있다. 사람을 만나는 게 부담으로 느껴질 때가 있다. 친구들과 삼삼오오 시시덕거리는 것도 어린 날의 특권일 뿐. 업계에서 자리를 잡는 게 먼저라는 생각이 그에게서 휴식을 빼앗았다. 일이 있을 때도, 없을 때도. 영화 〈언컷 젬스〉의 보석상 하워드처럼 매일이 생존을 위한 투쟁이다. 손뼉을 칠 때도 합이 맞아야 소리가 난다. 디디는 손을 펼 힘이 없다.

디디가 반사적으로 내뱉은 시간이 안 돼서 어쩌죠, 라는 말은 온전한 마음으로 타인을 만날 수 있을 때까지 만남을 유보하겠다는 자기방어적 신호였다. 연애를 미루는 이유는 모두 자신이 해결 못한 문제에 있지만, 신호를 수신하는 사람은 발신자의 의도와 다르게 메시지를 오해한다. 만남의 유보를 무관심으로 수신하고 멀어진다. 그렇게 사라지는 인연도 적지 않다. 디디와 같은 사람들은 잠깐 동안 캠프를 떠나는 것과 같다. 이미 일상에서 많은 에너지를 소모한 그들은 연애를 위해 충전이 필요하다.

백 일을 머물러야 수료하는 고독이란 이름의 동굴캠프가 있다. 주최 측은 잠자리와 먹거리로 쑥과 마늘을 제공하고, 마지막 날에는 수료증과 함께 새로운 얼굴을 선물한다. 쑥과 마늘을 씹으며 고독을 수행할 기회는 단군 신화 속 동물들처럼 누구에게나 주어진다. 백 일의 시간 동안 고독을 벗 삼아 보내다가 수료증과 함께 새로운 얼굴로 하산하면 된다.

처음에는 낯설어도 익숙해질 동굴이다. 캠프를 거치며 당신이 얻어갈 수 있는 경험은 또 다른 나와 대화할 수 있는 가능성이다. 동굴 바깥의 대화가 타인과 나의 관계로 이루어졌다면 동굴 속에서는 나와 나 사이의 대화다. 기간은 백 일. 수행은 더해도 덜해도 문제다. 일정 기간을 두고 수료했다면 반드시 동굴을 나와야 한다.

일요일 저녁 강아지 산책을 마치고, 세면대 위 테디의 발바닥을 모두 문질러 닦고 나서야 침대에 누울 수 있었다. 핸드폰 알람이 울렸다. 비비에게 문자가 와 있었다.

'내일이 학회네요. 잘 마치세요. 너무 늦게까지 무리하지 말고요.'

디디의 방은 동굴처럼 고요했다. 피곤한 강아지는 제집으로 마련된 폭신한 소파에 누워 이따금 디디에게로 눈을 흘겼다. 답장을 관두고 디디는 자신의 사촌에게 전화를 걸었다. 오랜만의 연락이었다. 연결음 몇 번 울리지 않고 사촌이 전화를 받았다. 안부 인사로 시작하려는 디디에게 그녀는 본론이나 말하라며 보챘다.

"요새 연락하는 사람이 있어. 그 사람한테 자꾸 마음이 가. 그런데 바빠. 일과 병행할 수 있을까 두려운데, 연애를 시작하는 게 두려워 변명하는 것 같기도 해. 바쁜데 연애를 할 수 있을까?"
"바쁠수록 연애를 해야지."

전화를 끊고 디디는 답장을 보냈다.

'월요일 저녁에 커피 어때요?'

24년 솔로로 살아온 제 동생이 드디어

연애를 시작했어요!

상대의 무수한 고생이 예견됩니다만...

서툴러도 마음은 진심일 동생의 연애를

응원해주세요.

썸이 연애가 되기까지

디디가 비비에게 고백을 망설인 데는 보다 심오한 사연이 얽혀 있었다. 불과 며칠 전 받은 출연 제의는 단순한 용기의 문제가 아니었다. 젊은 사람들에 큰 인기를 끈 소개팅 프로그램은 출연만으로 막대한 관심을 받을 수 있었다. 시즌이 거듭될수록 역대 출연자들의 행로가 그랬다. 그는 평소 자신의 꿈이 검은색 날벌레처럼 자꾸만 눈앞을 어른거려 습관처럼 허공에 손을 휘젓곤 했다. 앞으로 수십 년을 더 쌓아야 누릴 수 있어 보였던 창작의 삶이 방송 피디에게 보내는 연락 한 통으로 실현될 수 있다. 신경증적으로 눈앞에 날아다니는 저 날벌레를 당장이라도 두 손으로 합장해 터뜨릴 수만 있다면. 디디는 갑자기 손안에 작은 벌레의 끈끈한 사체가 느껴지는 듯한 촉감을 느꼈다. 착각은 디디를 불쾌하게 만들었다.

그럼 비비는.

마음의 문을 먼저 연 건 분명 비비다. 그녀의 용기에 디디도 마음의 문을 열고 같은 집에 발을 디뎠다. 불과 몇 주 전만 해도 서로를 모르던 그들에게 두 사람을 위한 사적인 공간이 생겼음을, 다른 사람은 몰라도 두 사람은 확실히 인지하고 있었다. 그 공간은 좀처럼 쉽게 생성될 수 없다. 평소에는 마법의 망토가 외부를 두르고 있어 모르지만, 여러 복합적인 요인이 한데 모여 망토를 젖혔을 때 비로소 모습을 드러낸다. 이처럼 있다 한들 공간의 존재를 인정하는 건 어렵고 두 사람 모두 공간에 머물기를 결정하는 건 더 어렵지만, 디디의 경우처럼 한 사람이 먼저 문을 박차고 들어가 안에서 기다리는 것 또한 매우 어려운 일이었다. 디디는 들어가지 않고 문 어딘가 몸을 걸쳐 둔 채 애매하게 서 있었다. 비비는 디디의 눈망울에 시선이 쏠려 어중간한 그의 하체를 확인하기 어려웠다. 디디는 정말이지 두 사람 관계의 결정권은 제 손에 달려 있다고 생각했다.

"2주 정도만 더 기다려주세요. 아직 확신할 수는 없지만, 비비 씨에게 호감이 있어요."

비비에게 말하지 못한 속마음이 그랬다. 디디는 한 번의 선택으로 자신이 평생을 고유하게 지켜온, 무언가를 잃을 것 같다는 압박감에 쉽사리 결정을 내릴 수 없었다. 소개팅 프로그램에 나가도 사랑은 찾을 수 있다. 다만 그 사람이 비비가 아니라는 게 디디를 힘들게 한다. 자연스레 찾아온 인연이 있음에도 진심을 다하지 않고 한 발짝 물러나 자본주의의 잣대로 사랑을 재는 태도가 디디 스스로 구토 증세를 느끼게끔 만든다. 단 한 번의 결정이, 디디를 앞으로도 그런 사람으로 만들 것만 같았다.

　사전미팅이 있었다. 디디는 처음으로 방송국 건물 미팅실에 들어가 보았다. 낯선 곳이 풍기는 기시감으로 디디는 손톱을 물어뜯었다. 자신을 피디라 소개하는 사람이 인사했다. 카메라를 들고 따라 들어온 남자가 자신은 작가라며 명함을 건넸다. 디디는 그들의 질문 세례에 밝게 응수했다. 이야기를 놓치지 않으려는 듯 디디의 말이 끝나면 그렇군요, 하는 화답과 함께 키보드를 두드리는 거친 소리가 났다. 피디가 묻고 디디가 답하면 약속한 것처럼 키보드 소리가 멎었다. 대화의 한 뭉텅이가 종결되었음을 알리며 규칙적으로 찾아오는 적막에 디디는 조금씩 제 목을 스스로 조이고 있다는 착각이 들었다. 피디의 반응을 보아 상황은 긍정적으로 돌아가는 것 같아 보였다. 피디의 노트북 옆에는 작은 카메라가 놓여 있었다. 답변이 끝나면 사람의 눈처럼 보이는 카메라 렌즈를 쳐다봤다. 디디는 당장이라도 도망치고 싶었다.

"저희 측에서 먼저 연락드릴게요. 2주 정도는 기다려주세요. 편성이 늦어져서 확신할 수는 없지만, 디디 씨를 염두하고 있어요."

디디가 비비에 했던 말과 같다. 순간 디디는 비비가 있음에도 프로그램 출연을 고민하는 게, 자신이 순수하게 지켜온 가치를 스스로 자본주의 저울대 위에 올려놓는 것과 다름없음을 깨달았다. 관계에 대한 유보는 새로운 연애에 대한 두려움이 아닌 상대를 향한 저울질이었다. 비비는 알면서도 디디를 기다렸다. 디디는 용기 있게 마음의 문 안으로 먼저 들어가 서 있는 비비가 보고 싶었다. 하지만 바보처럼 자신이 그릇된 선택을 하는 건 아닐까 쉽게 그녀에게 연락할 수 없었다.

디디는 꿈을 꿨다.

희미하게 마왕의 간사한 음성이 들려왔고 어둑한 밤 숲속에 난 작은 오솔길로 장면이 전환된다. 집으로 돌아가기 위해 바람을 가르며 말을 모는 아빠. 아빠의 등을 꽉 안은 어린 아이는 두려움에 떨고 있다. 마왕은 아이를 꾀어내려 속삭이고 있다.

"아빠, 아빠, 저 소리가 들리지 않으세요? 마왕이 내게 조용히 속삭이는 소리가?"

아이가 말했다.

"진정하거라, 아가야. 걱정 말아라. 단지 마른 잎이 바람에 흔들리는 소리란다."

두려움을 떨치려는 듯 아빠의 말에는 힘이 들어가 있었다.

마왕은 거대한 두 손가락으로 아이의 영혼을 억지로 집어 채갔다. 아빠의 몸통에는 나무에 달라붙은 굼벵이 허물처럼 영혼 없는 아이의 몸통이 매달려 있다. 아빠는 공포에 질려 말을 더 빨리 몰아댔다. 집에 도착했을 때 아이는 이미 죽어 있었다.

성난 말을 멈춰 세우고 어둠 속에서 아이를 돌아봐 줬더라면 이야기의 결말은 달랐을까. 아빠는 제 나름의 최선을 다했다. 서둘러 집에 도착하는 게 모두의 안위를 위한 길이라 생각했을 것이다. 이처럼 우리네 인생은 한 가지 목적이 모든 생각을 붙잡고 놔주질 않아, 사소한 일로 비롯해 소중한 것을 잃을 때가 있다.

무언가 잘못되어가고 있다는 신호가 아이의 울부짖음이

아닐까. 꿈에서 깬 디디는 의자를 빼고 앉아 긴 시간을 흘려보냈다. 노트북을 열고 미팅했던 프로그램의 클립 영상을 찾아 틀었다. 서로를 보며 웃고 있는 남녀들. 미팅 때 피디에게 지은 자신의 미소와 닮아 보였다. 디디는 노트북을 덮었다. 그리고 비비와의 카톡방 맨 위에 대화부터 차례로 읽어 내렸다. 디디의 몸통이 마음의 문지방을 넘어 완전히 안으로 들어가는 순간이었다. 자신은 몰랐겠지만.

거짓말쟁이 소년이 좋아했던 소녀

거짓말쟁이 소년이 있었다. 소년은 부모와 함께 목동 아파트 3단지 부근에 살았다. 민수와 영관 그리고 짝꿍 찬미와 친했고, 축구를 할 때면 골키퍼를 했으며, 빼빼로데이 날 적어도 서너 개의 빼빼로와 편지를 받았다.

소년은 중학교 3학년 13반이었다. 13반은 비밀이 없었다. 같은 반 친구들은 소문을 좋아했다. 줄넘기를 하던 찬미가 어느 날 밤 학원을 마치고 돌아오던 현수와 혜나가 손을 맞잡은 걸 목격했다면, 다음 날 두 사람은 13반의 공개 연인이 되었다. 민수가 영관에게 반에서 가장 이쁜 애가 누구냐 물었을 때 지원이야, 말하면 다음 날 영관은 지원에게 고백해야만 했다. 13반은 전교권에 들어간 학생이 가장 많은 반이었다. 아이들은 학업에 대한 스트레스를 침묵으로 공부하는 동안 잘 쌓아두었다가 소문을 흩뿌릴 때 단번에 털어냈다. 소문의 이동은 참새가 덩어리로 몰려다니듯 자연스러웠다.

수학여행에서 여자애들이 이상형 순위를 논할 때면 소년은 다섯 손가락 안에 들었다. 예진, 민경, 다원이 소년을 좋아했

다. 소년은 자신을 좋아하는 여자애들이 누군지 잘 알고 있었
다. 동그라미보다 붉은 직선이 많았던 수학 시험지와 다르게
인간관계에 한하여 소년의 시험지는 만점에 가까웠다.

　체육대회 전날이었다. 이번 주 청소 당번을 맡은 소년이 칠
판지우개를 터는데 민수가 하이에나처럼 주위를 살피며 다가
왔다. 먹잇감의 냄새를 맡았는지 민수는 소년에게 이상형을
물었다. 눈썹 떨림을 의식하며 소년은 다원이라 말했다. 민수
는 그럴 줄 알았다며 방방 뛰었다. 소년은 민수에게 부끄러우
니 비밀로 지켜달라며, 다원의 귀에 소문이 들어가기라도 한
다면 흰색 분필 떼가 잔뜩 묻은 칠판지우개를 등짝에 다섯 번
이나 찍어버리겠다 협박했다. 민수는 그럴 일 없다며 만족스
러운 얼굴로 나갔다. 소년은 위기를 잘 넘긴 자신을 칭찬했
다. 민경의 자리는 4분단 맨 앞자리였다. 모두가 하교하고 반
에는 소년밖에 없었다. 같은 청소 당번 영관은 축구 시합 전
략 회의가 있다며 먼저 빠졌다. 민경의 책상에는 검정 매직으
로 웃는 얼굴이 그려져 있었다. 그려진 방향을 보아하니 짝꿍
민수가 수업시간에 장난으로 그린 캐릭터가 분명하다. 소년
은 수건을 깨끗이 빨아 민경의 책상을 닦았다.

　"어제 청소 당번 너였어?"

민경이었다. 소년은 골키퍼 장갑을 바닥에 팽개치고 앉아 신발 끈을 묶고 있었다. 햇빛에 역광으로 선 민경의 뒤로 문어 다리처럼 여덟 줄기의 밝은 빛이 산란했다. 민경의 얼굴은 그늘져 잘 보이지 않았다.

"응. 무슨 일이야?"

"네가 내 책상에 있던 그림 지웠어? 졸라맨 같은 애가 웃고 있던 거." 민경이 멋쩍게 웃었다. 빛이 차츰 눈에 익자 민경의 얼굴이 보였다. 민경의 볼이 붉었다.

"몰라? 영관이가 지웠나. 근데 왜?" 소년은 천연덕스럽게 말했고.

"아, 영관이도 어제 당번이었어? 그냥 있었는데 없어졌길래 물어봤어." 민경은 소년이 아는 해사한 미소로 답했다. 소년은 좀 더 확실히 숨겨야겠다는 생각을 했다.

"내가 영관이한테 물어볼게."

"아니야, 정말 괜찮아! 편하게 시합 준비해. 남자 애들이 축구 이겨서 우리 반 햄버거 받으면 좋겠다."

"두 번 먹겠다. 너 피구 잘하잖아."

"뭐래. 아무튼 고마워!"

방금의 대화로 소년은 확신이 들었다. 이번 주 안으로 때를

144

기다렸다가 민수에게 말하리라. 그동안은 입이 가벼운 민수 때문에 말하기 망설였지만, 이제는 말할 수 있었다. 소문이 난다 해도 진실이니 상관이 없었다. 소년은 민경의 전화번호도 몰랐다. 민경에 관해서는 아는 것이 없어 소년에게 민경은 마치 희미한 물안개 같았다. 민수는 작년에 민경과 같은 반이었던 데다가 현재 짝꿍이니 민경에 대해 알려줄 정보가 많을 게 분명했다. 우선 경기에서 이기고 햄버거를 먹는 전후가 말하기에 좋은 타이밍일 것 같았다.

완벽한 전략을 고민하느라 소년은 다섯 골을 먹었다. 소년이 골키퍼 장갑을 낀 이래로 처음 겪는 최다 실점 패배였다. 담임 선생님이 반장에게 내일 체육시간 끝나고 햄버거를 주문하라 시켰다. 여자 피구팀이 승리한 덕이다. 에이스 민경의 활약이 컸다고 했다. 소년의 고백이 내일로 당겨졌다.

소년은 그날 밤에 도저히 잠을 잘 수 없었다. 역광이 차츰 눈에 익으며 민경으로 모이던 찰나의 순간이 눈앞에 아른거렸다. 환한 빛과 함께 가장 먼저 눈에 들어온 건 민경의 도톰한 입술이었다. 사귄 지 백 일쯤 되면 뽀뽀도 한다던데. 같은 반에 장수 커플 대운에게 뽀뽀의 촉감이 궁금하다며 민수가 재촉할 때 소년도 자리에 있었다.

"입술을 입 안으로 말아 넣어서 혀로 건드려 봐."

"뭐야 이게 뽀뽀하는 느낌이라고?"

실망하던 민수 얼굴을 뒤로하고 침대에 누운 소년은 입술을 입 안으로 말아 넣어보았다. 도톰한 자신 입술이 축축한 혀에 닿았다. 말랑하면서도 오묘한 기분이었다. 소년은 눈을 감고 민경을 상상했다. 그랬더니 금방 잠에 들었다.

다음 날 소년은 처음으로 지각했고, 운동장 반 바퀴를 오리걸음으로 돌고 나서야 반에 들어갈 수 있었다. 뒷문이 잠긴 탓에 하는 수 없이 앞문으로 들어왔는데 앞자리에 마주친 민경의 행동이 이상했다. 눈이 마주쳤음에도 민경은 얼굴을 굳히며 인사를 피했다. 가뜩이나 지각으로 이목이 집중된 상황에서 소년이 먼저 특정 이성에게 인사를 거는 건 13반 언어로 고백과도 같았다. 소년은 애써 모르는 체하며 뚜벅뚜벅 2분단 맨 뒷자리까지 걸어갔다. 1교시 시작까지 10분도 남지 않았다.

"너 다원이 좋아한다며?"

짝꿍 찬미가 팔꿈치로 옆구리를 찔렀다. 갑작스러운 습격 탓인지, 소문의 스포트라이트가 소년을 향한 민망함 탓인지

146

소년은 고개를 떨궜다. 찬미는 분명 작은 목소리로 말했는데 기다렸던 질문인 듯 반 학생들 모두가 일제히 소년을 쳐다봤다. 그들의 시선을 이으면 소년의 정수리를 중심축으로 부채꼴이 만들어졌다. 소년은 수학은 못 하지만 둥근 머리통으로 그것을 잘 느낄 수 있었다. 심지어 가장 끝에 앉은 민경의 시선까지도.

마침내 소년이 대답해야 할 차례가 왔다. 소년이 고개를 들었다. 예상대로 13반 학생 모두 자신을 보고 있었다. 소년은 멋쩍게 웃으며 말했다.

낯선 생각

작은 집을 지어야지
그때부터 모닥불 타는 소리가 났다

번지기 전에 어서 불을 꺼
어둠 속 누군가 외쳤다
소리가 난 곳에서 발견한 건 그날 저녁의 고흐
작은 불씨가 바람을 타고 날아와 피부를 할퀴었다
나는 겁쟁이가 아니다

그래서 작은 집을 지어야지
모래톱 위에 검붉은 손으로 눌러 쌓은 집
암갈색 도면이 새겨진 모래 위로
흰 파도가 노래를 흘렸다
가던 길도 멈추고 따라 노래 부르는
한 행인이 있었다
그녀와 함께 집을 지었다

작은 집 안에서 우리는

손깍지를 끼고 누워
서로의 눈으로 지새운 날들이 많았고

해와 달이 지칠 때까지
단어로 서로를 그리다
잠을 까먹지 않은 날에는
같은 곳에서 밤을 보냈다

반반 닮은 아이가 생겼다
그들은 함께 계절을 보냈다

그리고

모닥불이 다 타버렸다

어떤 상황을 받아들일 때

사람마다 마음으로 받아들이는 시간은

각자 다르다고 생각합니다.

가령 연인과의 이별을 받아들이는 시간,

애도의 기간이 제각각인 것처럼요.

밥을 빨리 먹는 사람이 느리게 먹는 사람보다

음식물을 빨리 소화하는 건 아니잖아요.

저는 상대의 부재, 상실에 대한 현실을

받아들이는 게 좀 느린 편인데요.

잠시 한쪽에 미뤄두고 일상을 사는 것뿐인데

사람들은 그걸 회피라고 말합니다.

그럴 때마다 제가 잘못되었다고,

저를 힐난하는 것처럼 느껴질 때가 있어요.

제가 회피하고만 있는 게 아니라

서서히 받아들이는 중이니

느려도 괜찮다는 말을 듣고 싶습니다.

사랑에 정답이 있나요

사랑받고 자란 사람은 사랑을 나누는 법도 잘 안다고 했다.
내게는 사랑꾼 스승이 있다. 그녀가 사랑을 건네는 모습은
나의 사랑을 고찰하고 근사하도록 노력하게 만든다. 일찍
이 좋은 스승을 곁에 둔 행운으로 그녀가 선행한 발자국을
따라 걸어 나름 괜찮은 어른으로 성장했지만 내게는 나쁜
버릇이 있다.

　새로운 사람에게 설렘을 느끼면 나는 항상 주저했다. 썸
이 주는 행복은 유효기한이 짧다. 썸의 행복을 이으려면 용
기 내서 고백으로 관계를 정의해야 하는데 나는 강한 척만
다 해놓고 정작 용기를 내야 할 순간에는 다른 사람이 된
것처럼 나약해진다.

　끝이 두렵다. 모든 연애는 이별이 있다. 충만한 사랑을
받았고 충만한 사랑을 건네며 성장했지만 사랑의 기운이
다했을 때 나는 하얗게 식은 사랑의 잿밥을 보며 속상했다.
영원한 건 없다는 걸 알지만 영원을 바라는 마음으로 혼란
했다. 죽음이 없는 사랑의 속성으로 또다시 찾아온 새로운

설렘은 나를 머뭇거리게 만든다. 스승을 찾아가 물었다. 그녀는 장난기 가득한 미소로 언제나 내게 혜안을 준다.

"그 친구는 이미 다 표현했네. 이제 네가 용기 낼 차례야. 그 사람에게 무한한 사랑을 느끼게 해줘. 잴 것도 없고 조절할 필요도 없어. 나는 네가 아낌없이 사랑을 줄 수 있는 용기 있는 사람이길 바라."

지키기 어려운 말이다. 나는 사랑을 참아 사랑을 전하는 유형의 인간이다. 말하지 않아도 은은하게 전해지는 게 사랑이라 믿는다. 이를테면 "좋아해"와 "사랑해"를 엄격하게 구분하는 종류의 사람. 언젠가 연인이 너는 왜 사랑한다는 말을 하지 않느냐 묻기에 "사랑해"라고 말했다. 그리고 집에 돌아와 생각했다. 연인이 묻기 전에 사랑한다는 말이 나오지 않았던 건 "사랑해"가 "좋아해" 한참 위에 있기 때문인 건가. 그 이후로 아무리 연애 기간이 오래됐어도 온몸으로 저릿한 사랑의 감각이 느껴지지 않으면 차라리 "좋아해"라 말했다. 사랑에 진심이고 싶어 사랑을 아꼈다.

그래서 시절 인연으로 연애가 끝이 나면 한동안 새로운 상대를 만날 수 없다. 지난 연애에 대한 충분한 애도 기간

없이는 새로운 사람에 마음의 문을 열기가 어렵다. 사람은 사람으로 잊는다는 말은 이해되지 않는다. 내가 겪은 연애의 단상들을 잊을 수가 없다. 오래된 영수증과 같다. 시간이 지나면 파랗게 인쇄된 잉크는 휘발되지만, 푸릇한 자국과 더불어 인쇄된 용지가 남는다.

스승의 조언으로 나는 전사의 걸음으로 다가가 고백했다. 꿈처럼 시간은 빠르게 흘렀다. 어느 날 나는 돌연 그녀에게 사랑한다 말했다. 그녀가 눈물을 보였다. 어깨춤 위로 그녀의 떨림이 전해졌다. 나는 그녀를 안아주었다. "좋아해"와 "사랑해"를 머뭇거리는 동안 내가 놓친 많은 감정이 야속했다. 여전히 두려웠던 탓이다. 연인과 가까워지는 게 두려워 사랑을 선언하기를 미뤘다. 정확한 표현을 위해 사랑을 참는 건 미련했다. 때로는 한 마디 표현으로 사랑의 존재를 확인할 수 있다.

이별이 찾아왔다. 이번에도 사랑은 나를 배신했다. 이별한 사람은 불규칙적으로 손바닥 뒤집듯 변덕스러운 자신과 마주한다. 연애할 시기가 아니야. 외롭다. 미련 갖지 말자. 외롭다. 주변 사람들 챙기고, 연애로 포기했던 기존의 일과를 수행하다 보면 연애 없이도. 외롭다. 인간은 왜 외로울까.

날 때부터 인간의 형상으로 태어나 제법 고독과 가깝다고 자신하지만 외로움의 주기가 당겨지고 있음을 느낀다. 외로움의 시기에는 아침마다 공격적인 호르몬이 분비돼 일과를 몰아치듯 해치우는데, 부작용인지 밤이면 나약한 아이의 모습으로 변한다. 그래도 꾹 참고 외로움 시기를 흘려보내는 게 바람직하다는 결론이다. 제법 나이를 먹은 나는 외로움 시기를 무사히 지나 보내는 법을 안다. 열심히 운동하고, 쓸데없는 상상을 종이에 퍼 나르고, 사촌 동생 유경에게 전화를 걸어 푸념하는 것. 시간이 흐르다 보면 산책 중 은근슬쩍 어깨에 내려앉은 나뭇잎처럼 외로움은 자연스레 떨어진다.

최근 머릿속 기억의 서류함이 강제로 열렸다. 과거로의 침잠은 느닷없이 시작되곤 하는데 차마 버리지 못하고 보이지 않는 곳에 숨겨둔 작은 인형을 발견한 탓이다. 나는 눈을 감고 추억이 저장된 파일 하나를 꺼내려 했으나 얼떨결에 몽땅 쏟아버렸다. 문득 그런 생각을 했다. 이별의 아픔은 내게 외로움을 남겼지만 동시에 아픔은 흉터로 남아 기억의 서류함에 보관된다. 이별로 완성된 그 순간은 영원히 남는다. 두꺼운 파일 하나하나는 그 시절 가장 아름다웠던 나의 모습을 사랑의 이름으로 남겼다. 사랑만큼 기억에

깊이 각인할 수 있는 방법이 또 있을까. 머리에 남은 기록은 내가 바라던 영원이었다. 기억의 서류함을 닫았다. 시간이 삭제됐다. 사랑을 회상하는 건 시간 쓰는 방법을 까먹은 외로운 자의 특권이다.

스승은 아낌없이 사랑을 줄 수 있는 용기가 내게 있느냐 물었다. 아낌없는 사랑. 참 모호하다. 나는 늘 사랑에 진심이었고 상대에게 집중했다. 하지만 언제부턴가 나를 지키는 선에서 사랑을 멈췄다. 스승은 사랑을 줄 때에 잴 것도 없고 두려울 필요도 없다고 덧붙였다. 사랑도 훈련이 가능할까. 그것으로 언젠가 깊은 유대를 영원히 이을 수 있는 상대를 만날 수 있다면 다시 용기를 내겠다.

연애의 끝에 나는 언제나 새로운 종류의 아픔을 느꼈고 여전히 긴 시간 방황한다. 최근 스승을 찾았다. 스승은 장난기 가득한 얼굴로 또 한 번 새로운 가르침을 줬다.

"지금의 아픔을 피하지 말고 온전히 느끼길 바라. 언젠가 다가올 새로운 연인에게 진심으로 사랑을 표현할 수 있을 때까지."

헤어지는 날 맑은 그 꽃향기는

"너 나 사랑하기는 했니." 그녀가 말했다. 핸드폰 너머로 떨리는 음성이 들렸고, 나는 꽃향기를 맡았다. 그 향이 낯설지 않았다. 잠깐의 침묵 뒤 그녀가 말했다. "착각하지 마. 사랑하지 않아서 헤어지는 거야."

헤어진 다음 날. 마치 총을 맞은 멧돼지처럼 나는 픽 하고 쓰러졌다. 후회를 뒤로하고 할 일을 시작해야 하는데 온몸을 쥐어짜는 무력감이 싫다. 앞으로 나와 함께 몇 달은 붙어 다닐 낯선 얼굴이다. 이별 후유증은 도무지 대체할 방안이 떠오르지 않는다. 숙취가 싫어 음주를 피했고 소음이 싫어 고독을 찾았는데 이별 후유증을 피하려면 사랑을 피해야 하나. 나는 도로 위에 배를 까뒤집고 죽은 벌레처럼 흉한 꼴로 널브러져 핸드폰 속 이제는 옛 연인이 된 너와의 기록을 훑는다. 우리의 시간이 박제된 사진, 카톡, 편지를 본다. 너의 체취가 그립지만 이별을 번복할 용기는 없다.

왜냐면 나는 또 나답지 못한 행동을 할 테니까. 너의 말버릇, 별것 아닌 작은 습관, 일상에서 선택하는 여러 기호

간의 이격을 보고도 더 이상 태연할 자신이 없다. 침묵이 만드는 작은 스트레스가 하나둘 모여 이별을 이룰지 몰랐다. 누군가 말하지 않았나요. 사랑은 한 발짝 뒤로 물러서는 거라고. 누군가 말하지 않았나요. 사랑은 한 발짝 상대에게 다가서는 거라고. 사랑에 통달했다며 목소리 내는 사람들이 너무 많다. 내 사랑 노트에는 이것저것 긁어모은 멋진 구절이 있다. 그것은 네 마지막 말들을 부정하는 데 쓰일 뿐 현 상황을 바꾸는 데 아무런 도움도 주지 못한다.

처음부터 한 방향으로 포개진 시계 침이 문제다. 같은 시간에 놓였다는 착각으로 우리는 연애를 시작했다. 너는 밤에 살고 나는 낮에 살았다. 우리는 딱 우리가 떨어진 12시간만큼 서로를 몰랐다. 다름을 인지했지만 같은 시간에 놓였다는 착각으로 우리는 연애를 시작했고, 달콤함에 취한 우리는 스스로 연출가와 연극배우가 되어 무대를 만들어 사랑을 연기했다. 빠르게 움직이는 분침과 달리 시침은 천천히 움직였기에 같은 선상에 놓이려면 많은 시간이 필요했다. 꿈에서 깰 때마다 우리는 이별에 준하는 상처를 서로에 안겼다.

헤어지는 날 분명 너는 "사랑하지 않아서 헤어지는 거야"라고 말했다. 처음 시간을 갖자고 말한 사람은 너였다.

영원할 것 같았던 우리 시계는 네가 처음 나를 포기한 그날
부로 멈춰 섰다. 가장 먼저 시침이 멈췄고 뒤이어 분침도
멈췄다. 배터리를 갈면 시계는 돌아갈 테지만 문제는 향기
가 남긴 아이러니에 있다.

　너는 꽃을 좋아했다. 의문이었다. 꽃은 영원하지 않으니
까. 황금빛 축제가 끝나면 어린잎은 드리운 죽음과 함께 갈
변한다. 나는 기념일이 아닌 날에도 종종 꽃을 선물했다.
갓 태어난 아기 같은 꽃잎에 작은 코를 비비는 너를 보는
게 행복했다. 그래서 백합은 향이 진하고 오래 남는다거나,
화려한 꽃만큼이나 그것을 받치는 푸른 잎 장식이 중요하
다는 지식을 쌓았다. 어느 날부터 네게 꽃향기가 났다. 나
는 그 꽃향기를 좋아했다.

　처음 헤어졌던 날도 두 번째 헤어짐과 같았다. 우리는 핸
드폰 너머 다른 공간에 위치했고 나는 보이지도 않는 너에
게 무릎 낮춰 사랑을 구걸했다. 너는 침묵처럼 단호했고 나
는 낯선 꽃향기를 맡았다. 헤어지고 머지않아 우리는 재회
했다. 익숙한 네게서 여전히 다른 향이 났다. 오감 중에 가
장 오래 보관되는 게 후각이라던데. 처음 맡은 네 향기가
기억에 남아 괴로웠지만, 시계는 동작하지 않았다.

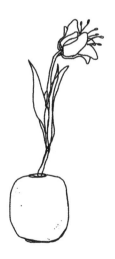

전 연인의 안부문자

만남은 지나가는 섬광이었다. 당신은 나를 비난하고 저주하고 다독이고 끌어안다 헤어지자 절규했어도 한때 내 눈물을 닦아준 사람. 몇 차례 겪었던 이별과 달리 너와의 진짜 마지막이 왔음을, 피부에 붉게 돋은 알레르기처럼 직감할 수 있었다. 잠깐 거리 두기가 아닌 영원한 맺음. 가라앉은 너의 눈에 담긴 나는 그 여름날 어떤 표정을 짓고 있었을까. 너는 나의 전 연인이 되었다. 연인이란 문자 앞에 붙은 거추장스러운 것이 기억력을 감퇴시키는 듯하다. 이별 후 장기복역을 선고받은 수감자가 된 것처럼 멈춰 있던 시간도 어느새 흘러갔다. 이제 함께 식사한 레스토랑에 가도 네가 떠오르지 않는다.

지나간 사랑에 애도 기간을 갖는 동안 앞으로 사랑은 없을 거라 선언했다. 그러나 나는 또 한 번 사랑을 시작했다. 내게는 변명거리가 있다. 사랑은 늘 예고도 없이 나의 공간으로 침범한다. 그것이 사랑인지 가늠하기도 전에 불도저처럼 집을 깨부수며 침입하기에 거역할 수 없다. 아직은 너무 낯선 새로운 사랑 앞에서, 새로운 사람의 이름을 부르며 사랑에 온전한 대체가 가능하길 희망한다.

  새로운 사람은 분명 너와 다른 사람이지만 친구들은 그 사람과 너의 닮은 구석을 말한다. 친구끼리의 심술이라 어물쩍 넘겼지만 주저앉은 밤에는 겨우 잠재운 네가 기억에서 살아 움직인다. 지나간 사랑은 조각난 파편으로 남아 영생한다. 다신 볼 수 없는 나의 오랜 친구를 떠올리는 밤. 먹을 엷게 펴 바른 화선지 위로 하얗게 식은 사랑의 파편을 모아 불꽃놀이를 한다.

  노력하지 않아도 불현듯 켜지는 기억이 있다. 짙은 사랑의 순간들을 상영하는 영화관에서는 강렬한 행복 혹은 그와 대척점에 선 불행을 찍은 필름을 상시 상영한다. 뒤엉킨 필름 뭉치를 끊어 영사기에 오려 붙이면 옛 영화에서나 볼 법한 회색 알갱이들이 자글거리며 영상이 재생된다. 저주하던 모습도, 아파하던 모습도 관람하는 제삼자의 입장이 되어 아름답다. 추억에 침잠한 밤이면 그 조각을 모아 만든 영화를 시청하는 동시에 잊어간다. 애틋하지만 그것으로 되었다. 서로를 겪으며 성숙하게 익은 사랑을 지금 내 곁의 사랑하는 이에게 선물하고 싶다. 그때 울리는 핸드폰 진동 소리. 일상을 파괴할 것 같은 기이한 전조에 나는 서늘했다.

'잘 지내?'

너의 문자를 답신하지 않고 넘겼다. 물리적으로 맞닿은
너의 재방문은 나를 찝찝하게 만든다. 전 연인들은 언제나
어둠이 내려서야 안부를 묻는다. 불쑥 침범한 낯익은 자의
방문을 잊으려 무거운 몸을 일으켜 설거지를 해치우고, 건
조기에서 속옷을 꺼내 갠다. 상상 속에서 산더미 같았던 미
뤄둔 일들은 막상 처리하다 보면 별게 없다. 의자에 가 앉
는다. 답장은 않겠지만 호기심에 너의 소식을 쫓는다. 사진
속 너는 잔인하게도 기억과 같은 모습. 나는 추적을 그만둔
다. 그리고 죄책감을 견디기 힘들어 연인에게 사실을 고백
한다.

"어젯밤 전 연인한테 연락이 왔어."
"그래서? 이야기했어?"

순간이었지만 연인이 이마를 찡그렸다. 그러곤 아무 일
도 없었다는 듯 평온한 모습으로 돌아왔다. 나는 괜한 말을
했구나 자책했다.

"받지 않고 무시했어. 아무런 감정도 느껴지지 않았어.

다른 사람이랑 잘 만났으면 하는 마음은 있는데, 괜히 마음 쓰고 싶지 않았어."

"그만. 거기까지 들으면 됐어."

"미안."

"아니야, 얘기해줘서 고마워. 앞으로도 이런 일 생기면 말해줘. 사랑해."

"나도 사랑해."

연인은 묵묵히 고해 성사를 들어주는 신부가 아니다. 이 따금 나는 연인의 다정함에 취해 하나의 역할을 추가로 부여한다. 어릴 때야 세상의 축이 나로 시작한다는 착각으로 실수도 잦았지만 이제 내가 누리는 안정이 상대의 배려로부터 나온다는 것을 안다. 어렵게 되찾은 사랑에 위협을 가하는, 또 한 번 사랑을 앗아가려는 전 연인이 밉다.

돌아오는 저녁이 우리의 진짜 마지막이 될 것이다. 작별을 준비하며 나의 특기를 발휘하기로 했다. 연필과 함께 깨끗한 종이 여러 장과 충분한 양의 점토를 준비한 나는 창조주 피그말리온이 되어 너와 꼭 닮은 캐릭터를 빚었다. 가상의 조각상에 너의 생명을 불어넣고 나를 찾는 이유를 질문하고 나무랐다. 너는 큰 눈을 끔벅였다.

또 한 번 너를 지우고 지금의 연인에게 전화해 긴 시간 통화를 했고 사랑해, 말하고 잠들었다. 답신하지 않을 문자는 삭제했다. 정면으로 너를 대할 수 없는 나는 겁쟁이다. 너의 용기가 상처 없이 또 다른 사랑에 무사히 안착하길 바란다.

연애는 왜 이렇게 어려운 걸까요?

헤어질 때마다 많이 슬펐지만

항상 먼 미래가 그려지지 않았던 터라

잘 극복했다고,

언제나 최선을 다했으니 괜찮다고,

이제 누구와 연애를 해도

크게 아프지 않을 거라고,

스스로 잘 다독였어요.

그런데 최근 먼 미래를 그렸던 사람과

헤어졌습니다.

연애 기간과 상관없이 제일 힘들더라고요.

도대체 얼마나 아파해야 하는 걸까요?

괜찮아질 수 있는 걸까요?

겪어봐야 안다 사랑은

사랑이 무르익을 즈음 서로의 지난 연애사가 수면 위로 오를 때가 있다. "너는 나를 만나기까지 몇 명이나 만났어?" 하는 물음 뒤에는 너무 많지도 너무 적지도 않은 숫자를 기대하는 연인의 눈동자가 있어 혼란스럽지만 나는 언제나 솔직하게 있는 그대로의 숫자를 말하고 후회한다. 같은 질문에 다른 답변을 수신하기 때문이다. "제대로 된 연애는 두어 번 정도? 나머지는 내 연애사에 포함하고 싶지 않아." 이런 식의 답변은 나를 당혹시킨다. 비슷한 물음으로 "너는 나를 만나기까지 사랑을 해본 적 있어?"가 있고 비슷한 답변으로 "나는 아직 제대로 사랑을 느껴본 적이 없어"가 있다.

교제는 했으나 연애 상대에 포함하지 않겠다던 말은 무책임했다. 저마다 크기는 다를 수 있어도 사랑은 모두 같은 모양이라 믿었기에, 내가 겪은 사랑을 기준으로 다른 사람의 사랑을 재단했다.

어느 날 친구 준원이 울며 전화했다. 1년 넘게 교제하던 연인에게 한 달 전 이별을 통보받았다고 말했다.

그날은 나흘간의 서울 일러스트 페어 기간 중 셋째 날이었다. 가장 많은 선물을 받았고 가장 많은 사람들이 부스를 찾아준 날이었다. 나는 녹초가 되어 불 꺼진 거실 소파 밑에 널브러져 있었다. 내일을 위해 그대로 쓰러져 자는 게 옳았지만 해야 할 일이 있었다. 인스타에 그날 찍힌 사진들을 싣고, 찾아준 지인들에게 감사 인사를 돌리고, 받은 선물에 인증사진을 올려야 했다. 나는 몸을 일으켜 자세를 고쳐 앉았다. 거실이 캄캄했지만 스위치가 있는 곳으로 걸어갈 기운은 없었다. 지인들에게 밀린 연락을 마치고 인스타에 올릴 적절한 선물 사진을 고르던 중, 준원에게 전화가 왔다. 잠깐 안부 인사하고 끊을 참이었지만 준원이 내뱉은 첫 호흡의 강력한 감정에 휘말려, 연애 사건을 재구성하는 프로그램의 패널이 되어 옆자리에 앉았다.

타인의 연애에 관여하는 건 상당한 인내가 필요하다. 더군다나 그 친구가 이별이라도 했다면 당신은 그들의 뭉개진 언어를 고치고 주관적으로 치우친 문장들을 객관화하는 작업을 해야 한다. 준원은 술 냄새가 나는 듯한 한숨을 연신 내뱉으며 힘겹게 상황 설명을 이어갔다. 요약하면 전 연인 수진의 적극적인 두드림 끝에 준원이 마음을 열어 연애가 시작됐다. 준원은 연애에 푹 빠지지 않는 성격이었지만

1년간의 연애로 기존에 경험하지 못했던 갈림길에 놓였는데, 그것은 수진이 제 운명의 상대임을 인정하느냐 마느냐의 선택이었다. 전자라면 연애에 전념해 지금의 불길을 유지해야 했고, 후자라면 기존의 연애와 다를 바 없이 차차 사그라들 게 뻔했다. 준원은 전자를 택했고 그때부터 다른 차원의 연애를 경험했다.

두 사람은 닮은 점이 많았다. 굳이 맞추지 않아도 입고 나온 의상의 톤이 같거나, 좋아하는 작가의 이름, 힙합을 좋아하는 음악적 취향과 중국어를 제2외국어로 익혔다는 공통점도 있었다. 두 사람은 백화점에서 어눌한 중국어로 중국인 커플 행세를 하며 노는 걸 좋아했다. 수진은 종종 준원을 껴안고 함께 해외여행을 가고 싶다 말했다. 준원에게 애인과의 해외여행은 결혼 선언이나 다름없었다. 준원은 대만행 티켓을 구매했다. 수진에게 전념하겠다는 준원 나름의 결의였다.

"나도 내가 왜 이러는지 모르겠어. 지금은 그냥 모든 게 붕괴된 느낌이야. 진짜 사랑을 했나 봐."

역경은 당신이 모든 게 완벽하다고 느낄 때 갑자기 찾아온다. 처음 그것을 맞닥뜨렸을 때는 인정하지 못하고 유리

컵에 난 작은 흠집 정도로 생각하지만, 불현듯 유리컵이 깨져버리고 나면 그제야 그것이 전조였다는 걸 깨닫는다. 수진의 직장 동기가 경영권 악화로 권고사직을 받았다. 마음이 불안했던 그녀는 준원에게 동기의 처지를 얘기할 때마다 눈물을 보였다. 준원은 다른 직장에 가서도 동기는 잘 지낼 거라며 수진을 위로했다. 그날 이후 수진은 더 이상 준원에게 동기 얘기를 하지 않았다.

두 사람의 관계는 평소와 같았다. 대만 여행을 2주 앞둔 어느 저녁에, 이따금 수진이 예전처럼 힘껏 껴안지 않은 게 못내 서운했던 준원은 처음으로 서운함을 토로했다. 수진은 준원을 달랬다. 다음 날 수진은 전화로 준원에게 이별을 통보했다. 준원이 어떤 말을 꺼내도 수진은 단호했고 두 사람은 똑같이 "잘 지내"라며 전화를 끊었다.

어쩌겠어, 존중해야지. 내가 말했다. 이미 할 수 있는 만큼 붙잡아 봤다며 준원도 동의했다. 남의 연애는 나의 연애와 다르게 눈앞에 뻔히 보인다. 준원은 몰랐겠지만 수진은 그들의 다름을 인식한 순간부터 자신도 모르게 이별을 키워갔으리라. 권태를 극복하려 나름의 최선을 다했겠지만 실패했고 고민을 거듭하다 불안한 마음을 숨길 수조차 없을 때쯤 이별을 말했을 것이다.

대략적인 두 사람의 타임라인이 그려졌지만 구태여 말하지 않았다. 시간이 약이야, 내가 말했다. 준원과의 통화는 두 시간을 훌쩍 넘겼다. 갑작스러운 이방인의 등장에 할 일을 다 하지 못 했다는 죄책감을 껴안고 잠을 청했다. 그날은 사진을 업로드하지 못했다. 너무도 자명한 이별 징조가 있었음에도 이별 후 한 달이 지나서도 정신을 못 차리는 준원이 이해되지 않았다. 각자의 애도의 기간이 다른 건 인정하지만, 마치 어제 이야기인 것처럼 우울감에 빠져 사는 준원이 아쉬웠다.

준원과의 통화를 기점으로 얼마 지나지 않아 나도 새로운 연애를 시작했다. 모든 연애가 그렇듯 공통점을 찾는 것으로 시작한다. 우리는 또 다른 준원, 수진의 시작처럼 연애를 시작했다. 몇 가지 마법 같은 상황이 〈라라랜드〉처럼 엮였다. 의상을 맞추지 않아도 톤이 맞았고, 좋아하는 작가와 음악 취향이 같았으며, 중국어를 읽을 줄 아는 너를 운명이라 단언하고 나는 단단히 매듭을 지었다. 우리는 공통분모가 많았다. 서로의 자서전을 읽은 것처럼 다양하고 완벽한 형태의 공통분모였다. 우리는 때로는 열정적이었고 때로는 가라앉았으며 간간이 들키는 서로의 낯선 모습도 마냥 귀여워 보였다.

어느 날 나는 사소한 서운함을 느꼈고 그날은 왠지 그녀에게 알리고 싶다는 강한 충동이 일었다. 그녀는 진심으로 미안해하며 나를 달랬고, 며칠 뒤 전화로 이별 통보를 받았다.

신체를 강제로 도려낸 듯 아픔에 신음하는 날이 길었다. 자기 파괴인줄 알면서도 헛헛함에 많은 실수를 했고 그럼에도 마음은 좀처럼 진정되지 않았다. 죽을 만큼 아팠지만 죽을 정도는 아니라 괴로웠다. 감정의 붓기가 빠지고 온전한 모양이 되기까지 긴 시간이 필요했다. 나는 여전히 그리움에 몸부림치던 나날들을 생생히 기억한다. 나를 우울로 메우는 건 한때 행복한 자랑이었던 추억이었다.

사람은 비슷한 크기의 아픔을 겪어봐야 공감할 수 있다. 같은 상황이 닥치기 전까지는 모른다. 사랑의 유형은 제각기 달라서 일반화시킬 수 없다. 연애 경험은 있지만 사랑은 해본 적 없다던 네가 떠올랐다. 더는 관여하지 않기로 했다.

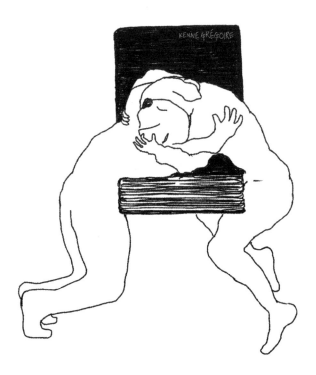

아이가 아침에 눈을 뜨면

"엄마, 오늘도 우리 행복하게 지내자!"

말합니다.

아이에게 일상의 행복을 안겨주고 싶어요.

사랑을 잊은 당신에게

첫사랑 이야기 해주세요. 한 학생이 용기 내어 마법의 주문을 왼다. 끝자리부터 차례로 책상에 고개를 떨구던 학생들이 슬머시 고개를 든다. 이 마법의 주문은 효과가 좋아 이 바닥의 영양제로 통한다. 언제 그랬냐는 듯 웅크린 교실의 수많은 별들이 반짝이고 옆자리 친구와 선생의 연애사를 유추해보려는 학생, 달아오른 선생의 붉은 볼을 가리키는 학생, 안면조차 모르는 선생의 연인을 떠올리며 새어 나오는 미소를 들키지 않으려 가까스로 참아내는 학생. 아이들의 얼굴에 호기심을 가장한 짓궂은 상상이 얇은 천에 떨어진 붉은색 물감처럼 그대로 드러난다.

애들아, 집중. 걷잡을 수 없이 불길이 커진 교실 안. 모두 숨죽여 선생이 내뱉을 첫 문장을 기다린다. 공부해야지, 이것들아. 진도 밀렸다. 대부분의 선생들은 마법의 주문을 회피하고 오직 몇 안 되는 선생만이 잔상을 떠올리며 수줍은 연재를 시작하는데 나는 한 번도 이야기의 끝을 들은 적이 없다. 그래서 내가 기억하고 있는 건 우리가 한마음으로 쏟은 사랑에 대한 호기심, 마법의 주문이 만든 거센 열기, 사랑에 진심이었던 학생들의 모습이다.

사랑의 신비로움은 전 인류에 걸친 커다란 보편성에 있다. 사람은 최소 한 번 이상의 사랑을 경험한다. 여러 형태의 사랑이 있다. 남과 여의 에로스, 친구들과의 우정, 가족의 헌신, 그보다 더 높은 차원의 인류애. 사랑을 경험하지 못한 사람은 없다. 다만 그 기간이 오래돼 잊은 것뿐이다.

사랑을 해본 적이 없다며 고개를 젓는 사람이 있다. 삶이 바빴다. 일이 많았다. 연애는 했지만 상대가 나를 사랑하지 않았다. 사랑하지 않는 상대와 연애를 했기에 사랑이 아니다. 사람이 다양한 만큼 각각 이유도 다르다. 외적으로나 내적으로나 자신감 가득한 사람들도 사랑을 이야기할 때면 불편한 수줍음을 얼굴에 보이곤 한다. 어쩌면 평생을 갖지 못할 어려운 감정이라며.

오케이. 그들 마음에 공감한다. 그토록 어려운 게 사랑이다. 바위처럼 사랑을 확신해도 불현듯 찾아온 의심의 씨앗이 바위를 쪼개면 단숨에 사랑은 조각나버린다. 때문에 새로 사귄 연인에게, "네가 내 첫사랑이야."라고 말하는 건 틀린 게 아닐지도 모른다. 사랑의 얼굴은 가변성이라 사랑을 할 때에 그들의 모습은 매번 다르다. 거리의 연인들은 새로 태어난 사람들처럼 사랑을 한다. 다양한 얼굴을 가진 사랑 앞에서 나 역시 처음 사랑을 하는 사람이 된 것 같은 착각을 한다.

하지만 사랑에 빠진 사람의 얼굴을 보라. 연인이 소홀한 것 같다며 툴툴거리던 사람도 그에게 전화가 오면 언제 그랬냐는 듯 그들만의 언어로 사랑을 속삭이고, 사랑에 확신이 없다며 머뭇거리는 남성도 제 연인과 함께라면 세상 이완된 표정으로 미소 짓는다. 그들의 표정은 언젠가 그들이 지었던 표정과 같다. 그들은 사랑을 모르지 않는다. 잃어버린 것이다.

생명을 얻은 사랑은 처음에는 태양의 플레어처럼 이곳저곳으로 튄다. 열기는 관계의 일자가 길어질수록 차차 잦아들어 사뭇 건조하고 너무 뜨겁지도 않게, 그렇다고 차갑지도 않은 적당한 온도를 갖는다. 이를 사랑의 위기라 단언하는 사람도 있다만 나는 그 일상성에서 사랑을 느낀다. 사랑이 발화할 때는 선생의 첫사랑이 궁금한 학생처럼 불타오르다가도, 사랑이 정착하면 올림픽 성화처럼 가늘고 길게 유지된다.

사랑을 해본 적이 없는 사람들에게 말한다. 당신은 단지 잊은 것이다. 사랑은 당신 안에 존재한다. 우리의 뇌는 모든 기억을 보관하지 못한다. 특별히 색인 붙인 기억이 아니라면 오래된 폴라로이드처럼 색부터 바래고 종국에는 형상만이 남는다. 사랑을 잊은 사람들 모두 저마다의 손에 색 바랜 폴라로이드를 들고 있다. 이미 시간이 오래 지나 담았던 장면이 어떤 건지 분별하기 어렵다면, 떠올릴 방법은 당신을 지금껏 지켜온 가까운 지인들에 있다. 당신이 잊은 사랑을 위해, 처음으로 돌아가 내 첫사랑을 소개한다.

*

첫사랑. 선생님의 첫사랑은 말이지. 초등학교도 들어가기 훨씬 전 일이야. 그 당시 다녔던 유치원에서는 교외 활동을 많이 했는데, 계절마다 산으로, 들로 나갔던 거로 기억해. 여름이면 푸른 잎이 선명한 산장으로 피크닉을 가고 바닥에 커피색 낙엽이 떨어지는 늦가을이면 산에서 따온 밤과 고구마를 가득 안고 들에 나가 모닥불에 구워 먹었지. 실내면 실내대로, 실외면 실외대로 뚜렷한 기호 없이 그저 좋았던 나날들이지만 지금 떠오르는 건 실외의 기억뿐이야. 아이들과의 관계도, 선생님의 가르침도 지금은 기억나는 게 없지만. 첫사랑을 그때로 단정 지을 수 있는 건 부모님의 친절한 기억 덕분이지. 당신 아들의 수줍은 첫사랑을 소중하게 품고 어느 센티한 밤에 들려줬기에 나는 여덟 살 도 안 된 나이의 기억을 갖고 있어.

모두가 노란 교복을 입었는데 혼자서만 빨간 옷을 입은 아이가 있었어. 하얀 얼굴에 또렷한 이목구비. 눈이 깊은 여자아이. 한 장 남은 그 사진 덕분에 떠올릴 수 있어. 누구 나 좋아하는 사람에게 다가갈 때 방식들이 있잖아. 소극적 이라면 서투름에 괜히 머리통을 툭 건들고, 적극적이라면 주체할 수 없는 사랑의 초읽기에 다가가 알고 있는 가장 멋 진 단어로 고백을 하겠지. 나는 그 아이 곁에 오래 머물렀 대. 같은 성당에 다니는 가장 어린아이였는데 예배가 끝나 고 아이의 부모님끼리 인사할 때 넌지시 그녀 옆으로 가 인 사하거나, 그룹을 짓는 수업이라도 있을 때면 항상 그녀 옆 에 있는 날 발견할 수 있었대. 엄마는 다정한 시선으로 당 신 아이의 첫사랑을 느낀 거야.

한 장 남았다는 그 사진. 졸업식 전에 유치원 주변 텃밭 에서 네댓 명이 찍은 사진인데, 나는 그 아이 옆에 있어 가 톨릭 신도들이 입는 하얀 천에 덧댄 붉은 벨벳 장식처럼, 선명한 붉은색 원피스를 입은 작은 꼬마 옆에. 홀로 우뚝 서 있기는 부끄러운 듯 동성 친구와 어깨동무를 하고 있지만, 그럼에도 몸은 그 아이에게로 기울어 있는.

   이름도 모르고, 앞서 얘기한 엄마가 간직하던 몇 가지 정
보 빼고는 기억조차 없는 그 아이가 내 첫사랑이야. 초등학
교도 안 갔을 때 나는 사랑을 했어.

   오늘은 조금 일찍 들어가. 부모님 잠들기 전에. 옆자리에
슬쩍 몸을 붙이고 물어보는 건 어때. 당신이 기억하는 너의
첫사랑을.

따뜻한 참견 드림

초판 1쇄 발행 2024년 1월 11일

지은이 죠지(여동윤)
펴낸이 서재필
책임편집 김현서

펴낸곳 마인드빌딩
출판등록 2018년 1월 11일 제395-2018-000009호
전화 02)3153-1330
이메일 mindbuilders@naver.com

ISBN 979-11-92886-41-1 (03810)

마인드빌딩에서는 여러분의 투고 원고를 기다리고 있습니다. 출판하고 싶은 원고가 있는 분은
mindbuilders@naver.com으로 기획 의도와 간단한 개요를 연락처와 함께 보내주시기 바랍니다.